Entrelinhas,

VERSOS CONTEMPORÂNEOS MINEIROS

Entremontes

Entrelinhas, Entremontes

VERSOS CONTEMPORÂNEOS MINEIROS

ORGANIZAÇÃO

Vera Casa Nova
Kaio Carmona
Marcelo Dolabela

EDITORAS ASSOCIADAS

Este livro foi realizado com recursos da Lei Municipal de Incentivo à Cultura de Belo Horizonte

Para Marcelo Dolabela e aos poetas que aqui não estão.

APRESENTAÇÃO

A construção deste livro iniciou-se há cerca de três anos, quando decidimos reunir as vozes representativas da poesia mineira contemporânea em uma coletânea que tivesse como primeiro critério a diversidade, tanto do processo de construção poética quanto das linhas temáticas abordadas por cada poeta. A proposta era apresentar o que tem sido produzido de melhor no cenário poético das Minas Gerais. De lá para cá, a reunião de poemas passou por editoras e modelos diferentes de viabilização até chegar finalmente ao modo em que é publicada, como um projeto aceito pela FMC, pela Lei de Incentivo à Cultura, financiado pelo UNI, editado pela Editora/Livraria Quixote+Do. A princípio, a seleção dos textos ficou a cargo dos próprios poetas, mas fornecemos um caminho de escolha: um poema bem conhecido, um não tão conhecido, mas que merecesse entrar na coletânea, dois de livre escolha e um poema inédito – cinco textos por poeta.

Infelizmente, durante o processo, testemunhamos a perda precoce de dois poetas de nossa obra; Camilo Lara, em 2016, e Marcelo Dolabela, também organizador da coletânea, que tanto contribuiu para a realização do projeto, quanto para a arte e a cultura de Minas Gerais, falecido em 2020. Aos dois dedicamos o nosso trabalho, aos dois deixamos o nosso reconhecimento, admiração e respeito. O nosso desejo é que esta edição contribua para a permanência dos versos de Camilo Lara e Marcelo Dolabela.

À medida que recolhíamos os textos dos sessenta e um poetas, conseguimos perceber que a força e o mérito do projeto residiam na quantidade e na qualidade da poesia na contemporaneidade. Como recorte geográfico, reconhecemos categoricamente a boa fase da poesia no país, a partir de um revigoramento nos últimos anos, com uma produção ativa e qualitativamente diferenciada de bons e muitos poetas, uma recepção favorável na crítica de periódicos e revistas especializadas em poesia, a presença de diferentes formas de circulação, seja pelos encontros, feiras e festas literárias, seja pelo atual interesse acadêmico por essa produção. A quantidade reforça o investimento dos novos autores, os diferentes modos de circulação e produção; a qualidade, por sua vez, se mostra na construção de uma literatura consciente de um processo contínuo de sua vitalidade.

Em uma coletânea, a medida será ler um autor por dia para que haja uma interação e recepção poética mais pertinente com a palavra do poeta. Acessar o poema nem sempre necessitaria de sentido. Mesmo que em busca dos processos de significação, o poema se deixa sempre aberto. De qualquer forma, há sempre uma produção de sentidos que sai das mãos do poeta, mas nem sempre o que ele diz é recebido igualmente, pois cada um dos leitores percebe e se sensibiliza de maneira diferente com os versos escritos.

Poetas de diferentes gerações, estéticas e procedimentos encontram-se aqui juntos como testemunho – agora histórico – de uma aposta na arte como resistência a um tempo tão infenso à poesia, a um país que faz a opção por um caminho contrário à arte e deixa a palavra em segundo plano, às atividades depredatórias que seguem ano após ano, século após século, assassinando a natureza e a população de Minas Gerais.

Vera Casa Nova e Kaio Carmona

VOZES DE MINAS NA POESIA CONTEMPORÂNEA

A presente coletânea, organizada por Vera Casa Nova, Marcelo Dolabela e Kaio Carmona, ainda que geográfica e cronologicamente circunscrita, constitui uma oportuna amostragem representativa.

De um lado, comprova a presença ativa da produção poética brasileira: a poesia persiste e resiste. De outro, independentemente de juízos avaliatórios, possibilitados pelos múltiplos e vários enfoques da crítica especializada, abre-se a algumas constatações, em termos do processo literário brasileiro em que se insere.

Honrado pelo convite para apresentá-la, divido algumas considerações com os leitores, a título de mobilização de interesse, respeitado o enriquecedor dissenso construtivo, com um convite a identificá-las nos poemas e a compartilhar e ampliar leituras possibilitadas pela multissignificação inerente aos textos de literatura.

A mostra faz-se, na maioria de poemas centrados em dimensões confessionais, assumidos por um eu lírico diante de si mesmo e de suas circunstâncias. Reflexões de caráter existencial, lirismo amoroso de múltiplos matizes são temas recorrentes. Nem falta forte carga de sensualidade e de erotismo. A tônica é a superlativação da subjetividade.

Também presentifica-se em um número significativo de composições a paisagem urbana e a vivência mineiras, como destaque para Belo Horizonte e Ouro Preto. As cidades emergem como pano de fundo mobilizador, como numa comprovação do conhecido verso de Carlos Drummond de Andrade: "Minas é dentro e fundo".

Evidencia-se a valorização poética do cotidiano, tendência inaugurada pelos poetas modernistas.

Pontuam ainda a seleção várias composições explicitadoras de poéticas assumidas, autoexplicações individualizadas, traço recorrente na poesia brasileira.

Destaca-se significativamente a produção feminina. Sem preocupação, entretanto, com a afirmação assumida de identidade cultural. Só eventualmente, a propósito, figuram textos indicativos de preocupação social, de assunção de algum compromisso de tal natureza. Não se configuram manifestações de representações coletivas, frequentes nas décadas finais do século passado.

Em termos formais, a maioria das composições apoia-se em modelizações modernistas sedimentadas, numa evidência de que a heresia de ontem converte-se frequentemente na liturgia de amanhã. Em menor escala, integram a seleção experiências de linhagem concretista, salvo juízos em contrário, ainda indiciadoras de espaços de vanguarda.

Em resumo, configura-se a plena liberdade formal que envolve desde poemas de forma fixa, como sonetos, passa pelo verso livre, por experiências verbivocovisuais e culmina na ruptura dos limites entre prosa e verso.

Assim caracterizadas, as composições dão sequência a procedimentos marcantes da poesia nacional desde as décadas finais de 1970, que ganham força a partir da década seguinte. A partir desses momentos históricos, a produção poética no Brasil, antes pontuada pela emergência de grupos e movimentos, em torno de tomadas de posição explicitadas em manifestos, dispersa-se, num universo de individualidades. E muito verso publicou-se desde então.

Claro está que os poemas selecionados se acrescentam de novos matizes, caracterizadores da singularização apontada, notadamente no espaço da realidade poetizada. Deixo ao leitor a tarefa de identificá-los, para ampliar ainda mais o prazer da leitura.

Por outro lado, alguns poemas se revestem de hermetismo desafiador.

Presença forte é ainda o diálogo intertextual com a poesia de Carlos Drummond de Andrade e, eventualmente, a produção de Manuel Bandeira, e a prosa de Guimarães Rosa.

Por essas e por outras características a coletânea dá continuidade ao diálogo mobilizador com a poética do Modernismo, em destaque o verso livre, e experiências na fronteira dos limites entre prosa e verso, o centramento em preocupações existenciais e visões de mundo.

Faz-se notar também, em menor volume, a revitalização do verso tradicional, de ritmo apoiado na sílaba como unidade, e na rima. Também em escala menor, envolve ecos das vanguardas dos anos de 1950/1970. Alguns poucos configuram experimentalismos.

Em síntese, os textos reunidos em *Entrelinhas, entremontes: versos contemporâneos mineiros* evidenciam, sem esgotar as tendências configuradoras, a continuidade de aspectos significativos da dispersão assinalada.

Trata-se de um livro que permite ao leitor, ao lado de desfrutar o prazer do texto, travar contato com a arte poética em processo entre as montanhas de Minas e o espaço do silêncio do texto literário, lugar em que melhor se diz. E, sobretudo, constatar que, nas terras mineiras, a poesia vive.

Vale a leitura.

Domicio Proença Filho

Adriana Versiani

Reptil

1

Apenas um reptil,
me compadeço da morte das nascentes.
Mesmo sendo frio meu sangue e eu apenas isso,
um reptil,
diante da grandeza extinta do rio,
me compadeço.
Estou sobre a terra e bebo pouco.
O sol racha a lama em losangos imperfeitos.
A vida arde no couro grosso que protege meu corpo.
Sou um reptil
E por isso não choro,
me compadeço.

2

No escuro, guardo os ovos para o próximo período.
Não sinto raiva, ansiedade ou medo.
Apenas um reptil,
fito os olhos do animal secando na areia do deserto.
Neste universo apinhado de estrelas, eu,
apenas um reptil,
me compadeço.

3

Diante da singularidade da natureza,
sou também natureza,
incapaz de pensar a minha natureza.
Trago na boca uma língua pegajosa que guarda o mistério
do último inseto.
O espaço está repleto de fantasmas
e o universo se alimenta de corpos que apodrecem.
Eu,
apenas um reptil,
não lamento o universo,
me compadeço.

Calabouço

Quem dera pudesse dissipar a sombra.
A chave,
não a tenho mais.

Todos esses monstros, com seus corpos flamejantes,
presos em jaulas de cobre,
rogando às forças do abismo que os libertem.

Quem dera pudesse dissipar a sombra.
A chave,
a perdi naquela tarde.

Um dia, as luzes da fonte eram negras.
Com uma rocha, vedaram a entrada da caverna.
As cabeças em estacas marcavam o caminho.

Quem dera pudesse dissipar a sombra.
A chave
esqueceu-se na fenda da cratera.

Ontem não há mais e o que resta é essa noite interminável
e a faca do vento gelado nas costas
e os açoites dos gritos de dor.

Quem dera pudesse dissipar a sombra
A chave,
a levou o príncipe das trevas.

Hoje os astros sem céu possível,
nada que emane das paredes que se fecham sobre os corpos
onde as almas se escondem.

Soneto

A sombra vaga pelo sofá da sala
E um lagarto ancestral cospe fogo na cortina
Cetim nacarado e almofada viram cinza
Na mineral fumaça da boca de quem fala

Lava queima o pássaro sem asa
E escorre pelos flancos da virgem desatenta
Goza a língua no porão escuro, gira lenta
E a chama cresce e a deixa em brasa

A sombra avança pela parede branca
E o lagarto agora se reduz a nada
A virgem diva geme fugas e árias

Becos cegos: Lasca de um jaspe:
A luz se perde alcaçuzes vezes:
Palavra: Paisagem: Fava rara.

O amor matou John Lennon

A vida não é menor que um parágrafo.
Esse sol e um mar de pedregulhos.
Mais adiante, bichos se alimentam de peixes mortos.
Ronaldo não acredita mais em nada, queimou todos os poemas e se descabela no apartamento por causa das infiltrações.
Francisco não bota fé no meu potencial.
Diz que só levo jeito mesmo para narrativas curtas, me falta fôlego.
(Quantos personagens resistem a um parágrafo?)
Ariadne continua tentando sobreviver em meio a essa desolação.
Um café curto no aeroporto e depois embarco.

A vida não se mede em um parágrafo e Ronaldo todo dia pensa na morte.
Consertou as torneiras que pingavam, leu todos os livros da biblioteca onde esteve trancado por mais de uma década.
Vingou-se arrancando as páginas do meio.
Ronaldo tem talento para narrativas curtas.
Engoliu as páginas do meio e se aposentou.
Agora, faz reparos no apartamento e vez ou outra se alimenta.

A vida é mortal como um parágrafo.
Ariadne distribui sorrisos e enche os pés de bolhas todas as segundas.
Usa meias elásticas para ajudar na circulação.
Ganhou uma caixinha de sombras no Natal e aprendeu a pintar os olhos.
Ariadne não tem fôlego para narrativas curtas.

Engulo um parágrafo, tomo um café curto e Francisco despreza o mundo.
Caminho sobre o mar de pedregulhos onde bichos se alimentam de peixes mortos, enquanto ele se afoga em um mar de contas para pagar.
Não bota fé no meu potencial: duvida do meu fôlego.
Ronaldo observa as brasas e Ariadne prepara o escalda pés.
Em silêncio, eles pensam em quantos personagens cabem numa narrativa.

A vida é curta.

Breve dicionário de nomes

A

Porque, Rodrigo, aqui, em frente à minha melhor amiga,
meus olhos ardem e eu não sei o mistério do poema.
As lágrimas vêm e voltam.

Com a ausência de Debret meu pai se irrita,
mas eu sei que ele passou por aqui.
Porque, diante da insanidade de meu pai que caminha no
corredor dizendo:
Mar, oh mar salgado – a imagem perene de Debret

Nossos olhos ardem e, Rodrigo, minha melhor amiga chora
copiosamente enquanto fuma três cigarros.
O tabaco, diz ela, foi colhido no sul.

Rodrigo, e meus olhos?
Quanto deles ainda lágrimas?

Um fato:
nesse mar, três cigarros não significam nada.

B

Por dois minutos e meio
percebeu vultos e sons.
Batizaram-na Luíza,
antes que expirasse.

C

Pela manhã, vi imobilidade e dissolução
com a córnea coberta por uma secreção amarela.

Inércia, Ana, é o movimento da espera.

D

Guilherme rompeu a luz e, com flecha voraz,
acertou o pequenino vaso de porcelana chinesa que sua
mulher, grávida de oito meses, trazia entre os olhos.
Os fragmentos incandesceram a flecha que incendiou a
floresta.
No chão, sobre maçãs, reluzem soluços de Guilherme.

E

Katherine olhava-me e eu dizia: só homens lhe traduzem a obra. Katherine cobrava -me uma dívida e eu sussurrava: cuidado com eles, são vampiros que seduzem e sequestram sua alma. Katherine unhava-me e eu gemia: não sou eu, olhe para trás, veja como eles fazem. Katherine tapava-me a boca e eu esperneava: afaste-os, eles se aproximam, se aproxim... Katherine engoliu-me.

F

Bernardo,
amor ancestral,
obrigada por secar minhas lágrimas.
Desejo-te vento quente, pedra de toque sabedora desse insight:
querido, querida, querido.
Leitor de tudo,
domador da louca mãe da criatura.
Senhor de todos os suspiros,
da melhor parte,
da ansiedade e da fissura.
Amo dos meus gemidos,
cala-te.

G

Contra minha veia cava lançou:
todas as taças de cristal da boêmia
sete anáguas engomadas
os bisquis da penteadeira
espinhos das rosas plásticas.

Na minha veia cava inoculou:
unhas, veneno, sangue, ferrões, saliva, esperma.

Seu nome é impronunciável.

H

Deu um nó de marinheiro na corda com a qual se enforcou
[ontem.

Antônio encontrou o corpo.

Sofia trouxe flores.

A igreja católica não permitiu que a enterrassem no cemitério.

Hoje,
piso na grama verdinha que cobre a última morada de Teresa.

I

Dentro da noite veloz, na noite passada: beije-me beije-me
beije-me Francisco sua língua ácida seus olhos verdes deixe-me
deixe-me deixe-me que eu não significo

a b s o l u t a m e n t e

nada

J

Há serpentes na cabeça da Medusa.
Cegas, não reconhecem espelhos,
alimentam-se da palavra pensamento.
Hay serpientes, hay serpientes
e são trágicas como essa língua.

K

Fiz uma piscina de azulejos para a boneca sem braços e
mergulhei algas azuis nela.

Na pele transparente desenhava-se a sombra de suas artérias.

O corpo flutuando,
o sol trespassando as algas
e um vento forte me soprando para ti,
Dulcinéia.

L

Meu Deus, Meu Deus, Meu Deus!

Quando o vi no meio da rua supliquei:

– Nossa Senhora do Perpétuo Socorro,
Sagrado Coração de Jesus,
Santa Teresa D'Ávila,
poeta São João da Cruz!

Aluísio, meu filho, arma em punho no meio da rua, quando o vi:

– Mãe do Perpétuo Socorro,
Senhora da Divina Luz!

meu Deus... meu Deus... meu Deus...

M

Que na cidade ninguém veja:
as cinzas na pena do pássaro
as manchas na pele do pêssego
as rugas na aura de seda.

Isso, porque a imagem na tela, um dia,
ainda que estreita,
elegeu das belas a bela e

Greta

abriu no batente da porta
a fresta por onde passou
o pó
a luz
a tormenta.

Que na cidade ninguém veja.

Assim seja.

N

Depois das bombas, ergueram imensos vitrais.
No salão principal colocaram um espelho ante o outro.
Ângela, dentro do "tomara que caia",
analisa as infinitas possibilidades da sua omoplata.

O

Constanza cozinha sempre os mesmos objetos, mas sabe que
[há formas diferentes de fazer interagir os átomos.

Enquanto isso aguarda aquele que traz minério na língua
e o bolso cheio de dardos.

Durante a noite, tempera os dardos e os cozinha com o minério
que arranca da língua dele aos bocados.

P

Sal grosso para secar ferida.

Com perfume de coentro e pinça,
Beatriz procura pelo coração do peixe.

Durante meio século,
sangra.

Q

Está aberta a temporada de jabuticabas no quintal.
O menino observa a colheita e o reflexo das folhas
na casca negra das esferas.
Ontem, Luna construiu o instrumento que lhe permite alcançar
os galhos mais altos sem tirar os pés do chão.
A árvore é o que é.
O menino respira no ritmo dos movimentos dela.

R

Desde Gutemberg, Ramon roía um osso no quarto dos fundos
e as letras boiavam perdidas dentro da caixa .
No início, Ramon no quarto dos fundos tocando guitarra
e as letras perdendo-se na caixa.
Buraco negro, câmara escura, letras no país dos meninos
[perdidos.
Quem veio primeiro: o homem, o verbo, Gutemberg, a caixa
ou a galinha?

S

Na terra distante, onde nasceu Clara, havia um barranco
que brotava pedras semipreciosas.
Um dia ela foi até lá mostrar o mistério das pedras para a
[irmãzinha que ela inventou.
De mãos dadas, mergulharam no rio.

T

E depois, Amélia, voltar ao que nos é sagrado:
o mar íntimo dos cheiros e dos gostos guardados,
onde a mãozinha de um anjo acaricia nosso rosto .

Com o ouvido na concha,
calar o espírito das coisas em nós.

U

E Ingrid chorou.
Não temo mais a sua dor.
Ingrid ainda chora.

V

Pela manhã, extasiada, Conceição viu do navio a beleza do mar:
– A vida é mesmo um milagre!

Para celebrá-la, fez um coque e estreou um colar.

W

Levanta-te canto,
deita sol em minha pele.

Anda.

Ressuscita-me, Lázaro,
com o diamante cravado em minha guelra.

(Enquanto isso, um urso polar caminha sobre a geleira).

X

Quando comecei a falar, aos dois anos e meio, eu dizia água
e nomeava coisas como xícara e bidê.
Chamava vento de vento e assoviava como meu tio avô que já
sabia escrever. Eu só falava e cantava e desenhava barcos e coloria
e contava estrelas porque, como meu tio avô, já sabia escrever.
Agora, uma velha senhora, peço água e não me interessam
mais palavras como xícara e bidê.

Nos intervalos, ainda assovio.

Y

Amanheceu na casa de Santa Efigênia.
Fred, com fotofobia, recolhe-se ao buraco do teto

Santa Efigênia, protetora dos pretos.

Numa época remota eles traziam ouro em pó nas carapinhas
que lavavam na pia batismal.

Santa Efigênia intercede pelos pretos.

Numa terra remota ainda há uma centena de galos
que cantam ao amanhecer e
Santa Efigênia, da torre do sino, abençoa os pretos que,
sob as luzes amarelas, caminham para o trabalho.

Fred, no buraco do teto, dorme o sono dos justos.

Z

Trezentos e cinquenta e dois relógios e uma obsessão
pelo ponteiro dos minutos.
Enquanto contava o tempo Gepeto tentava, desesperadamente,
aprender a mentir.

Adriane Garcia

Afogamento

Há um desejo
De imersão das águas
Adentrando narinas

Um treinamento
Pelo não desespero de
Afogar-se

Desejo da palavra aquática
Da palavra amniótica
Da palavra silenciosa
Dos peixes

Não um coração batendo
Que os assuste.

A origem da água

Dizem que os peixes não têm
Expressão

Os peixes estão todos
Tristes

Trafegam a água
De cá para lá
De lá para cá
No constante de
Carregar o mundo

Sem os peixes
Tão tristes
As correntes
Cessariam

Ninguém se pergunta
De onde vem a água?
Ninguém desconfia
Que os peixes choram?

Natação

Maníaca
Quis casar e ser dona
De casa
Marido filhos vida regular

Mas não pode entrar
Num lugar
E ver aquários

A casa inteira alagando.

A multiplicação dos peixes

Na peixaria os peixes estão todos mortos e se estragando
As vísceras arrancadas como num homem
Estripado da Idade Média ou de outro dia na TV agora

Seus olhos estão opacos e assim sabemos se devemos ou
Não comê-los

A pele amolece a escama esmaece o cheiro é podre
Exceto se a peixaria tem muito gelo imitando o Alaska

O bacalhau com a cabeça decepada vem da Noruega

Um homem que não se sabe ainda se comia ou não os peixes
Disse que éramos o sal da Terra

Na infância aprendi que o Mar Morto era morto
Porque tinha muito sal

Depois aprendi sobre os homens que não amam.

Presente

No Banquete grego as mulheres não devem falar
Agatão ganhou um prêmio por seu poema

As mulheres devem se retirar e ficar somente as que
Tocam flautas – nada de balbuciar palavras

Sócrates, Pausânias, Aristófanes, Alcibíades
Têm muito o que discutir – seus cérebros fervilham

E ainda que não fosse, tomam vinhos, se deliciam e
Escolhem o tema: amor

Flautas dissonantes compõem um hino – longa a noite –
Para dois mil e quatrocentos anos depois.

Adriano Menezes

Singer Manfg. Co

em seu disfarce preto
o metal ignorado
guardava engrenagens
nos torno do corpo
ora sinuoso ora frio

iscada a linha descia
à carretilha emagrecendo
o retrós

o tempo revogado
sígnico em seus novelos
é quase retrátil
dano visual
que no desmanche
ficou cheiro

do velho ferro do pedal
do pé de mãe
do pano

Muda

Depois ela disse que sentiu
uma coisa ruim
ao chegar à Ouro Preto.
Eu senti uma coisa ruim
quando ela disse. Queria
então mulher e cidade.
Eu devia desconfiar,
a escura nuvem sobre a casa
a perturbava sobremaneira,
e o passeio estreito, e as ladeiras,
talvez a falta de girafas
no Padre Faria ou
a desistência das flores
com talidomida que nos olhavam
míopes do jardim
que ainda não havia.
Se perdeu de minhas mãos.
A cidade continua comigo:
mofando livros,
avacalhando meus amores,
restituindo-me a asma.

Lugar errado

o sangue está guardado
pra ela. quando me ignora
olho pros meus canos
nervosos – hibernação
de vulcão. tanto, que fumo-a.

memória é estado de vapor,
fumaça! só os pulmões servem
nessa joça de corpo – sem vocação
para flor – vou antes como promessa
de improviso cavalgar o anticógito.

o lugar errado é onde vivo
o erro. onde estou vive
o dia fantasma
a desenhar a silhueta, mas
o que o espírito quer
é o corpo caçado, o seu inimigo –
verbo pra mim é relar sem onde.

Enseada

praia. passos em falsete, o ar veloz,
beira do mundo e ruínas históricas
dos seis amores de areia e quer
de novo. a canga acaba nos joelhos.
impossíveis contas, seios dinâmicos
enfrentando o vento e um biquíni
floral mais céu que água a contaminar
correntes. um ambulante e seu pregão
solitário. o meu amor inventa-me.

Novembro avançando

moças de Santiago exibem
aos soldados chilenos os olhos
vazados, índios bolivianos marcham
de El Alto contando os mortos
sob as bandeiras, o filho do Adilson
vem pra sala de televisão contar
que sonhou com o salário e sua namorada
diz que a vida não é só trabalho. a cpi do
fake news é uma vergonha.
o dia estava molhado e turvo desde cedo
e não se dormira à noite porque
a vizinha de cima pôs os cães
para fazer barulho na laje por
toda a madrugada, avisando
que quem manda está em cima
e que se mudem. Toninho tinha
ido dar um tranco no fusca. eu não
sabia o que fazer. brancos comeríamos
mas também não iríamos à manifestação.

Ouro Preto era preta e recebi
uma mensagem de Luiza, que é atriz
mineira radicada em São Paulo, dizendo
que fui eu o único homem
que ela amara e que não prometera nada, por isso
nunca a fizera sofrer e que eu estaria
em seu coração com a mais doce ternura.
que eu precisava saber disso, que ela agora
poderia morrer em paz e ainda que futuros
amantes vai ser sempre a nossa canção.
e anexou um vídeo com o clipe
do Chico Buarque sem camisa.

Alexandre Rodrigues da Costa

O princípio oculto

A paisagem repete, invertida,
a cicatriz, a fala
que nos escapa sem explicação.
Não entendemos os hieróglifos,
por que tantos espelhos lhe impedem
de reter o que não se guarda na memória.
Seu corpo apaga-se
ou surge como fato prescindido de realidade?
As fotografias o contemplam na ignorância
ou, como ele,
queremos ignorar o desfecho?
Acreditamos que desvendaremos a trama
e tudo se constituirá de uma imagem
única, perfeita na medida
do que não é incomensurável.
A morte mantém-se fiel
à dor de lhe lembrar que na carne
a ferida não é passado.
O instante imita a si mesmo.
Sim. A memória não é perfeita.

Ela pode mudar a forma de um quarto,
a cor dos olhos de uma pessoa
que, na escola, sentava-se ao nosso lado.
Mas quando ele fecha os olhos
o mundo deixa de existir?
Como vingar de si próprio através do outro,
na falta de um liame que o prenda às coisas?
Ele se omite na ausência de um nome,
no crime que o obriga, simplesmente,
a olhar.

"Excellent, Mr. Renfield"

expor à superfície o corte,
era assim que eu
reagiria para esquecer
como se deve tocar as feridas
de um morto?
mesmo depois de perceber
que nenhuma voz
conseguiria sobrepor-se
ao silêncio,
impedir que unhas
afiadas atravessassem
meus olhos, não
desisti, ali fiquei,
também com feridas
espalhadas pelo corpo,
mas sem saber como o grito
transporta para fora
e torna presente
a respiração mesma
e a dor de quem respira,

Sacrifício

os dedos das mãos feridos.

nada de encenação,
apenas a dor como
forma de anestésico,

ou (por que a ingenuidade?)

antídoto
para os venenos misturados

às palavras
que ela me obrigava gentilmente
a aceitar, quando tocava
em meus lábios e dizia:

"não, a vida já não basta,

é necessário me ater

àquilo que é dado,
teus ossos, tuas vísceras
e o futuro que elas escondem".

Bela Lugosi no ateliê de Kandinsky

Não deixava a noite falar diante dos olhos.
Incomodava-se com a rigidez
do momento,
com o que não podia ser
submerso no abrigo das feridas.
O medo, encarava como forma
de se concentrar nos objetos
que regressavam a si mesmos.
As paisagens o satisfaziam muito pouco.
Passou, então, a evitar espelhos
e o que estava frente a eles.
Assim permaneceu, intacto e invariável,
submisso aos caprichos
de suas perfeições contraditórias.

Teceu-se no sopro um rosto,
cortante como pausas perdidas na garganta.

Acidentes de leitura

À margem de si,
à custa de minha presença,

assustada,
ela abre o contorno
da lâmina.

Diante do gesto
despedaçado, oculta,

entre as coxas,
a ignorância,
o poço escuro
onde me perco.

Faltarão olhos para negar
o que sempre a despiu?

A mesma sede,
a mesma fome,
o espaço confuso das mãos?

Alícia Duarte Penna

Good manners

Em algum *far away*,
em algum *rainy day*,
teria havido uma madrinha inglesa
de quem se teria copiado
o sussurro,
a postura cavalheira e dama
(em que se sobressai o pescoço mesmo sob gola alta)
e o uso das mãos em balé,
tanto ao levar a xícara à boca
quanto ao vasculhar o bolso
à procura de tostão ou papel:
tudo aquilo que meu pai Penna
chamaria Duarte
à mesa da copa onde nos destreinava
para a luta.

Cette chose incroyable de faire
que é atravessar o oceano,
cette chose-là eu a farei. Eu a farei,
lúcida,cilíndrica, de pé
pelas águas escuras e espessas,
sobrevoada pelos pássaros,
surpreendida pelos peixes, pelas correntes,
no chão de espelho de um navio azul,
sob o sol e sob a lua em desordem,
em desordem as estrelas guias desse navio
por onde me esgueiro, fantasma confiante,
pois é vazio, precisa estar vazio e perdido
o navio que me levará até o horizonte
que salta daqui para lá, sempre, até lá,
lá onde, lá onde serei uma mulher-homem,
como um ser é uno e nunca dantes pudemos sê-lo,
isso eu farei.

Cacto

Minha voz é fina como um caco de vidro.
Tenho um modo de dispor do ponto final
que maltrata os outros.
Desafinada e intratável,
quando declaram amor por mim,
amarro mãos e pés,
arrumo dor de cabeça ou pernas
e caio estatelada na cama.
Às vezes me recupero.
Às vezes nunca.

Ode a Benedito

Teu corpo, Benedito, é o corpo mais bonito!
E que olhos, que olhos!
Meu Deus, os olhos de Benedito!
Às vezes ficam verdes!
O nariz de Benedito!
A boca de Benedito!
O pescoço, o colo,
as toleimas, as tireóides,
as meias de Benedito
enternecem a quem quer que as veja!
Os pés de Benedito!
São feios, mas que falanges!
Que falácia esta ode que por ora a ti ofereço, meu Benedito,
quando tu és o corpo mais bonito!

Limpo corações
e penso nas galinhas.
A cada coração, uma galinha.

Uns grandes corações, uns mínimos.
Uns gordos.
Tiro a película que os envolve,
como numa operação.
Depois, abro a torneira.
A água jorra
e lava o sangue,
lava a alma das galinhas.
É uma missa o que celebro.

As galinhas,
é uma honra tocá-las no coração.
Às galinhas, que parecem tão inescrutáveis,
tão inextricáveis,
descubro-lhes o coração:
um coração simples de galinha,
que assim começa, assim termina.

Álvaro Andrade Garcia

A palavra viva

a palavra lava o que a gente mente
a palavra mente onde a gente sente
a palavra cansa a palavra amansa
a palavra passa o que a gente pensa
a palavra amassa

a palavra atrasa o que a gente esquece
a palavra aquece o que a gente teima
a palavra queima
a palavra fogo que a gente apaga

a palavra tralha que a gente afasta
a palavra gaga
a palavra lavra
a palavra ato

mato onde a gente embrenha
a palavra exata onde nada ata
a palavra sacra

a palavra senha a palavra laca amarga
doce luz
assanha brilho soa

bela voa
a palavra garça

taça

a palavra que a gente bebe
a palavra tonta
a palavra esquece

a palavra enterra o que a gente troca
a palavra cava
a palavra cova
afoga trama aplaina
a palavra amaina

amanhece

a palavra espaço dia
como brisa

a palavra

Oocidental

(o que me disse o senhor terra desolada)

eu sou o ocidental e encontrei uma toca no alto desse
precipício e colori a noite com as cores que desejei puras
e fiz tudo ser eletrônico para obter brilho mesmo sem ter
ainda a posse do sol

e fiz tudo geométrico para saber com certeza das distâncias

sem dúvida padecemos de culpa padecemos de culpa

por que sofremos de vertigem e por isso subimos tanto
para alimentar o verme enlouquecido que nos habita

temos ânsia e não conhecemos o estômago por que nos
alimentamos muito mais do que nos caberia e esquecemos
o corpo a ponto de considerá-lo outra pessoa

sem dúvida padecemos de culpa sem dúvida

este é o centro do ocidente nesse lugar reside um ponto
nesse lugar falta uma palavra que seja bem clara

aqui nessa terra fizemos nossa referência e cravamos
[nossa espada

construímos formas que nos cercam como bisontes e
flamas de uma luz incendiária

aqui as imagens saltam sem som por que não se pode
ousar com o nome do cetro

aqui onde encontro apenas meu nome me chamo e faço
dele uma palavra que aglutina todos esses corpos

todos esses fatos todas essas lutas todos os raios todas as
guerras todas as dores todos os autos todos os gemidos

que nos ergueram acima da terra e nos arremessaram uns
sobre os outros com tamanha voracidade

sem dúvida padecemos de culpa padecemos sem dúvida

O fundo do poeta

o 'sentimento do mundo'
agora é insuportável

tudo está viciado
em instantâneo e eu
apenas me lembro

revérberos demais
grimpam na mão

onde está a palavra certeira
para a plateia do desastre?

a fala aos loucos
através dos ventos

tempos difíceis

a plateia é o desastre!

Messias de 1 homem só

desencaixotado

rebelde de causa

um pensativo inveterado
um fracasso meditatório

uma espécie de silêncio
maldito até em casa

que faz tempo
fala com cafundó

atalho de
notícia & pessoa

fogo & fadiga

afluxo de energia
o pão da poesia

meu defeito de fabricação
meu sestro

meu verso
e minha alegria

O buda ocidental

meu buda tem
uma vara de pescar fogo

às vezes
apago seu fogo
num lago de aguardente

porque não suporto
seu perfume

meu nunca
tem um buda

deleitado
num berço

cego vasto
pasmo e ato

Ana Caetano

Receita contra o tédio

Palavras começadas com p
perigo
        palíndromo
        presente
pálpebra
pássaro
poente
páprica
paladar
pensamento
perfume
pupila
pigmento
pérola
púrpura
pingente
        papel
partícula
pretendente
paraíso
pergunta
permanente

poema
pulsar
profundidade
pétala
pavio
posteridade
e um pouco de pólvora
da pior qualidade.

Anatomia

qual a matéria do poema?
a fúria do tempo com suas unhas e algemas?

qual a semente do poema?
a fornalha da alma com os seus divinos dilemas?

qual a paisagem do poema?
a selva da língua com suas feras e fonemas?

qual o destino do poema?
o poço da página com suas pedras e gemas?

qual o sentido do poema?
o sol da semântica com suas sombras pequenas?

qual a pátria do poema?
o caos da vida e a vida apenas?

Poeta

já tentei todos os colírios
pelo seu rótulo
já acendi todos os círios
pelo meu cálculo
já perfumei meus próprios lírios
sem nenhum escrúpulo
já ensaiei todos os martírios
até chegar ao cúmulo
já sonhei todos os delírios
para merecer o título

Perverso

em terra de cego
não se olha os dentes
daquele
que não quer ver

não se rola o limo
sem dourar a semente
não se paga
para crer

em terra de cego
a palavra é de rei
o silêncio reluz

em cada peça
uma sentença

em terra de cego
há males que vem
depois da bonança
longe dos olhos
a última esperança

em terra de cego
o que é bom
acaba depois
mas quebra

meia caravana basta

em terra de cego
antes só
do que nunca
antes tarde
para a chama
que arde
onde há fumaça
há tempestade

em terra de cego
bons tempos
que
curam

águas passadas
em pedra
duram

e a palavra passa.

Inventário

gavetas e poemas
gravatas e poupanças
grandes e pequenas
lembranças

Ana Elisa Ribeiro

Salvando o relacionamento

eu sei, meu bem,
que seu sonho é comer
uma sueca alta loura boa

finge, meu amor,
fecha o olho e finge
o meu cabelo
a gente tinge.

Eu não tenho a alma de um corrimão.
Eu sou mais do elo, da liga e do laço.
Respeito para mim é coisa fina,
assim como o abraço.

Mais do que as transas e os beijos,
as mãos dadas me parecem mais sinceras.
Tão ruins quanto as promessas
são as esperas.

O príncipe e a megera

Um príncipe
com casa, carro, filho & pensão
relógio de pulso
perfume importado
quarentão
bem-arranjado
até grisalho

fosse eu
e tudo isso
seria
defeito

Carta do velho editor ao colega no séc. XXI

prepara-te, caro,
é muita poeta
pra esconder
sob o tapete.

melhor ouvi-las,
numa boa,

que o tapete delas
voa.

Prenhez

estava grávida
naquela foto

o filho
não chegou
a nascer

a foto
nos mantém
à sua espera

Ana Martins Marques

Em branco

Dizem que Cézanne
quando certa vez pintou um quadro
deixando inacabada parte de uma maçã
pintou apenas a parte da maçã
que compreendia.

É por isso
meu amor
que eu dedico a você
este poema
em branco.

O brinco

Pode ser que como as estrelas
as coisas estejam separadas
por pequenos intervalos de tempo
pode ser que as nossas mãos
de um dia para o outro
deixem de caber
umas dentro das outras
pode ser que no caminho para o cinema
eu perca uma de minhas ideias
preferidas
e pode ser
que já na volta
eu me tenha resignado
alegremente
a essa perda
pode ser
que o meu reflexo sujo
no vidro da lanchonete
seja uma imagem de mim
mais exata
do que esta fotografia
mais exata do que a lembrança

que tem de mim
uma antiga colega de colégio
mais exata do que a ideia
que eu mesma
agora tenho de mim
e portanto pode ser
que a moça cansada
de olhos tristes
que trabalha na lanchonete
tenha de mim uma imagem
mais fiel
do que qualquer outra pessoa
pode ser que um gesto
um jeito de dobrar os lábios
te devolva
subitamente
toda a infância
do mesmo modo que uma xícara
pode valer uma viagem
e uma cadeira
pode equivaler a uma cidade
mas um cachorro estirado ao sol não é o sol
e uma quarta-feira não pode ser o mesmo
que uma vida inteira
pode ser
meu querido
que esquecendo em sua cama
meu brinco esquerdo
eu te obrigue mais tarde

a pensar em mim
ao menos por um momento
ao recolher o pequeno círculo
de prata
cujo peso
frio
você agora sente nas mãos
como se fosse
(mas ó tão inexato)
o meu amor

Minas

Se eu encostasse
meu ouvido
no seu peito
ouviria o tumulto
do mar
o alarido estridente
dos banhistas
cegos de sol
o baque
das ondas
quando despencam
na praia

Vem
escuta
no meu peito
o silêncio
elementar
dos metais

Tenho quebrado copos

Tenho quebrado copos
é o que tenho feito
raramente me machuco embora uma vez sim
uma vez quebrei um copo com as mãos
era frágil demais foi o que pensei
era feito para quebrar-se foi o que pensei
e não: eu fui feita para quebrar
em geral eles apenas se espatifam
na pia entre a louça branca e os talheres
(esses não quebram nunca) ou no chão
espalhando-se então com um baque luminoso
tenho recolhido cacos
tenho observado brevemente seu formato
pensando que acontecer é irreversível
pensando em como é fácil destroçar
tenho embrulhado os cacos com jornal
para que ninguém se machuque
como minha mãe me ensinou
como se fosse mesmo possível
evitar os cortes
(mas que não seja eu a ferir)
tenho andado a tentar

não me ferir e não ferir os outros
enquanto esgoto o estoque de copos
mas não tenho quebrado minhas próprias mãos
golpeando os azulejos
não tenho passado a noite
deitada no chão de mármore
estudando as trocas de calor
não tenho mastigado o vidro
procurando separar na boca
o sabor do sangue o sabor do sabão
nem tenho feito uma oração
pelo destino variado
do que antes era um
e por minha força morre múltiplo
tenho quebrado copos
para isso parece deram-me mãos
tenho depois encontrado
cacos que não recolhi
e que identifico por um brilho súbito
no chão da cozinha de manhã
tenho andado com cuidado
com os olhos no chão
à procura de algo que brilhe
e tenho quebrado copos
é o que tenho feito

Às vezes

Às vezes sinto o mar tão perto
sou contígua ao mar aberto
irmã das ondas que arrebentam
comi na mão do mar
por muito tempo
sou íntima do estranho
do secreto
às vezes sinto o mar tão perto

Às vezes sinto o mar distante
nada sei do que é vago ou errante
filha da montanha, do deserto
quebrei-me contra o mar
tempo o bastante
quero só o que é quieto
e constante
às vezes sinto o mar distante

Angélica Amâncio

Canibalismo – ou Mal-do-Século

Como Werther morreu por ver Carlota
dando pão com manteiga às criancinhas,
também a mim bastaram as migalhas,
triviais gestos de outonais festejos,
para longe murmurar tremendo – é ele!

Bastou sua brancura maviosa e pura,
o casual ato, nele tão sublime,
de pisar com desvario os próprios pés,
para palpitar-me o seio em febre
qual poento poeta embevecido.

Apenas o eco murmurando ao longe
seu venturoso sono detrás da janela aberta
foi bastante para atirar à distância,
na imundície do pátio, entre os detritos,
o triste tédio de um deserto inteiro.

Mas depois,
no entretanto de seu loquaz afastamento,
forçada fui,
como se à forca fosse,
a apressadamente desfazê-lo.

E o desfiz.
Com a naturalidade dos cadarços
que se desamarram no meio do caminho,
eu o despi,
de coroa e cruz, o depus,
e o descosturei sem desdobrá-lo.

Eu o devolvi
à lira dos anos que não são mais meus,
o desvesti de encanto,
o desamei,
e me despedi,
sem pedir sequer que uma lágrima curta
ele derramasse por meu triste passamento.

Depois que o amor comeu o poema,
o prefixo comeu o amor.

O vermelho é uma cor lenta

Virei a página:

e eis que o azul não me dizia mais, não me era mais como antes, errado e belo.

Em vermelho eu me via,
atingida,
mergulhada de vermelho e vestida
de acessos, adagas, escândalos,
como o telefone cortado de Almodóvar, *al borde*,
bordando a bandeira da China com estrelas a mais,
uma guerreira de terracota de Xian
desenterrada viva.

Em *quick motion*,
monocromática como a fraternidade,
eu roubava agora minha dupla vida
(sem Véronique),
atada ao vertiginoso espaço do último lugar,
última escolhida,
última dançarina a subir no tablado,
– vestida de *gazpacho* e Jan Van Eyck –,
sapateando sobre a capa vermelha das ilusões perdidas
compradas em um sebo flamengo de final de história.

Púrpura,
velha Vertigo manchada de traças,
a cor me vinha como tinta,
tirada do grito da ambulância,
da mecha de cabelo,
cereja no decote da luxúria
– pecado mais estridente dos sete outros –
e o sete,
uma nota
quase um *blues*,
era o número do meu pacto,
da trapaça aos diabos com cigarros acesos,
meu beijo lésbico
lento
na boca da Sorte
com batom.
Vermelho.

Este não é um texto sobre futebol

Você achou graça
quando eu disse
que o futebol era igualzinho à vida:
noventa minutos de monotonia e passes errados
podem se transformar na festa mais bonita,
em meia dúzia de segundos
e uma bola chutada
no canto certo.

Naïf,
você nem desconfiava
que daquele domingo em diante
jamais veria um estádio,
um gramado,
uma camisa de time,
sem pensar em mim.

Você, nunca mais,
aliás,
deixaria de pensar em mim.

Lamento em *frame*

Fotografias da África
do sertão
da guerra
da fronteira.
Crianças de ventre cheio
de verme e vazio
ratos em palafitas
mulheres de seios tristes
esgotos
e olhos duros
em homens
que apanham café
cortam cana
domam cavalos.

A pobreza não sabe
distinguir
Nikon de Canon
não quer parede
nem porta-retrato.

A pobreza não se acha bonita.
Se olha para a câmera
é porque
tem fome
tem frio
e clama.

Poética das implosões

Deveríamos trancar
à chave
os televisores
vestir com repelente
derme e epiderme
beber em grandes goles
a poção do antiamor
que nos liberte
dessa sensualidade cinza
ávida
por calar-nos a boca
empanturrá-la de presunto Seara
e, a golpes de gravata,
ancorar-nos
no passado tarantinesco
de algumas décadas atrás.

Neste país,
onde o rádio toca tudo,
menos música,
aos donos do dinheiro
tortura
é pensar que

mesmo o edifício
que de mais perto arranhe o céu
cai.

As implosões começam por baixo
e a ironia dos terremotos
é puxar o tapete
do chão.

Antonio Barreto

O santo ofício da misericórdia

Fazer poemas
é como agredir uma criança
ou saltar num precipício
É autocondenar-se num exílio
diuturno, ou seja,
lançar âncoras num rio enxuto
quando as águas já não cavam
seu porto absoluto
É madrugar o pássaro numa noite insone
e amanhecer cantando
que se esqueceu do nome

Fazer poemas é soletrar ruídos
decifrar do homem seu alarde e olvido
É revelar os passos de um cachorro quando
seu dono já não se sente mais humano

E quão penoso é este ofício e enfado
quando a memória estala
e o poeta tomba...

Fazer poemas
é andar na corda bamba
de um circo abandonado,
pior:
com os pés trocados.

Ária de América por um antigo marinheiro

Árvore ser de alvorecer e sendo
assim em raiz em nua face e foice
(alvorossonho foi-se, mente e lavra)
que de tão-somente semeou palavra

Por de onde sol anzolazul em céu
de peixe e mar esculpido e pronto
: frontisprefácio : em seta dor dedilha
a ária em arpa : peixe arpoador

arma da terra ameri ca me tengo
mi na vida nota cor de lheira
por de onde ondeias oceano
a tantas noites a tlanti cais me vengo
atlantas noches de mandar te andes

e ar vou ser em nada : serenata
peixe tecla dor de pescantar
anzolazul em punho, espada nua e n'antes
morrer de américa os relógios de neruda.

Pesos & medidas

Dos setenta quilos que tenho
metade são de palavras dúbias
que guardo nessa memória estúpida
abaixo da guilhotina poética
do verbo com sua fúria

A outra metade é a fábrica
que a alma constrói na garganta
de um pássaro de asa sintética
(que voa dentro de mim)

Dos setenta quilos que tenho
um terço é da ávida amada
que às vezes sendo telúrica
me geografiza no mapa
e outras vezes elástica
me paralisa na bússola

Dos setenta quilos que tenho
cincoenta por cento é o poema
que a vida faz sobre a morte
e outras medidas do *eu*

A outra metade é o lixo
– que esterca o que se perdeu –
na hipótese de um teorema
que sintetizo no corte
de uma palavra obscena

Das setenta léguas que ando
na corda bamba do medo
setenta fiz em segredo

Das setenta vidas que tenho
metade foi gasta no susto
e a outra metade morreu

Se algo sobrar eu ajusto
no Tempo – o Relógio – eu invento
no espelho o espólio
de Orfeu

Dos setenta quilos que temos
cem por cento é poesia
o resto é só geometria
figura, teatro & cinema

Em teu seio

0) prelúria:

Primeiro o riso
arrebentado
do poeta torto
e torturado
Depois a boca
escancarada
da musa em música
além do ventre
Segundo a rosa
em pedra e aço
da metralha
entre meus dentes
Depois o beijo
envenenado
da
[palavra

I) sumo de verão:

Coma desse fruto, pois, amada
que ardendo sobre teu corpo
em mim deitado
se arrefece
minas
donde brota o ouro fúlgido
do orgasmo
§ o espírito santo do coito coitado
está tenso e teso exceto
o pêlo

(*o pepino*
esse legume ereto e líquido)

§ se de repente, pois, me enveredo e pico
da bandeira o mastro
sobre a floresta tropical do umbigo
amada úmida

(*ilha do bananal desejo*)

se de repente escuto o hino
o jorro grosso vindo por entre as brenhas
salve salve
o menino que sou de américa deitado
no mato grosso inunda seu destino

seu pendão de lavas
seu vulcão extinto
de poços e
caldas
(ígneo e gnomo)
ferve
sobre as pedras do coração
agora reduzido a sal.
§ o menino de meu coração
que agora encharca esse pantanal
é acre e doce
sumo de verão.

II) meu seringal ferido:

Coma desse fruto amada minha cabeça glande
se abrigando na gruta maquinética
onde estalactites se derretem
no vaivém da boca negra
e energética
de angra que
sangra e suga
nova,mente,o,sumo
largo lodo lund nibelungos

) onde agora duendes soltam (
) gritos de penetrar o sexo (
) das estrelas lá embaixo (
§ entre meus dedos
de deus

teus grandes lábios
trêmulos carambola que beijo agora
e rondo
tua rondônia vulva
e alva uva vúlvula a alalma
do meu nariz perdido entre a guiana
meu nariz que agora sua e ama
tuas líquidas amazônias.

Sinto
que a língua voraz
do vento entre os igarapés
sobre as coxas sobre os pés
que chupo
adormecido
comprime a saliva:
(*meu seringal ferido*)
sobre teu corpo agora do pescoço ao
qu
(Chuí)
(Tucuruí)
(Tocantins Xingu)

III) a colheita de nosso estrondo:

Virei, pois, uma usina hidroelétrica
onde
a lógica do amor supremo
suspenso comanda
pelos fios o sol

pra ir morar nas águas da manhã

/: tenho nervos palavras de arrebentar
represas
inundar esse corpo árido mas algas
e dedos indecentes :/

§ Cuspo em tua boca o mel da fúria
desse corpo que arremete
aríete meu cacete maranhão suado
sobre o deserto
onde se esterca a vida
onde me estico todo e romântico
meu gozo
sobre os recifes do atlântico

quase morto de cansado amada
resta agora tua língua em brasa brasília
desabrigar da braguilha novamente
o membro e colocá-lo após o pacto
sobre teu dorso arrepiado
ali onde abunda
a colheita de nosso estrondo
e antes de temperá-lo
entre as coxas macias e quentes
— dunas alisáveis — abrigá-lo entre os dentes
e mordê-lo com suavidade,
como o vento
que se alvoroça na crina
das éguas indomáveis.

Gato

O principal do gato é a sombra
e tudo o que fica depois
de seu salto

O principal do gato é a forma
e tudo o que fica depois
de seu rastro

O importante do gato é a unha
e tudo o que fica depois
de seu tato

O importante do gato é o olho
e tudo o que fica depois
de se vê-lo

O principal do gato é o pelo
e tudo o que fica depois
de sabê-lo

O principal do gato é não lê-lo
em tudo o que fica depois
de se sê-lo

O principal do gato é querê-lo
em tudo o que fica depois
de se tê-lo.

O mistério do gato: esquecê-lo.
Depois que o gato em nós
se transforma:
a demora do gato que mora na sala,
a ternura do gato que mora no quarto,
embora, o gato, a casa incorpore
(embora, na casa, o gato não more)

O principal do gato é o rato
(e o queijo)

E tudo o que fica em nosso desejo
depois que o silêncio do gato transtorna
tudo que em nós do gato retorna:
a fuga, a sombra, a garra, o novelo

Brenda Mar(que)s

Sertão Aeioua no arraiá

Que mistérios guardam o sertão de cada um?
A secura da alma tem respostas que vão além
Ritmado com as lembranças da sede de alguém
O sertão absorve o choro saudoso do lugar algum.

Quem conhece a caatinga dos caboclos lá já foi
O olhar pensante dos sertanejos transtornados
Das Rosas distribuídas por Guimarães sem boi
Diadorim é bússola quebrada dos apaixonados.

Dança de roda cobre o arraial dessas veredas
Onde só o criador do Grande Sertão é capaz
De ouvir o vento *aeiouar* um pouco de paz
Nas almas em redemoinhos de labaredas.

Sagarana poliglota

A Loira chamou a Hilda para um brinde
E levou-a para degustar vinho no Bonfim
As duas se puseram a afogar seus pensamentos
Não conformadas com um novo mito que surgia
Mostrando o impulso feminino da inveja sem fim.

Juntas passaram a criar a melancólica nostalgia
Dos anos cinquenta, a *Belle Époque* belorizontina
E os olhos fogosos delas soltavam no ar a magia
Capaz de enfeitiçar o querer de gerações inteiras.

Hilda Furacão logo soltou seus descontentamentos:
– Ah como tenho raiva dessa mulherzinha poliglota
Um dia ela ainda verá sua voz ficar rouca até sumir!
Pelo menos eu virei livro e seriado de televisão
Fiquei eterna no imaginário como a mulher mito
Em Belo Horizonte nunca houve melhor visão.

Entre uma taça e outra a Loira do Bonfim gritou:
– Ah como tenho inveja dessa sagaz mulher!
Dizem que ela é uma criminosa cibernética
Rouba minutos de fama no *facebook*
Performa no *youtube* em várias línguas
Cada dia tem mais seguidores no *twitter*
Digite no *Google* e veja a nova Sagarana.

Assim as duas sugaram todo o líquido da uva
Depois de tanta prosa acabaram por adormecer
E no sono profundo nem chegaram a perceber
A mulher poliglota a *performar* com seus cabelos
O desenho de um poema sonoro da voz do vento.

A badalada

Tin Tin Tin Dom
Tin Tin Tin Dom
"Mulher se foi".

Tim Dom
Tin Dom
"A vez do Homem".

Tim Dom Tirin Dom
Tin Dom Tirin Dom
"Adeus Criança".

Sino de ouro, por que tocas a morte?
Som triste, marcado em Milho Verde
As badaladas anunciam:
"Alguém se foi, alguém se foi..."

Havia um tempo em os sons
Avisavam as crianças:
"Hora da Escola, Hora da escola"
E outras horas, os católicos:
"Reza na Missa, Reza na Missa".

Agora o som do sino
É só história no vilarejo
Pequeno distrito do Serro
Milho Verde dos contos,
Dos causos dos moradores.

As montanhas guardam a música
E inspiram as quedas d'água
Num horizonte azul e cristalino
As piabas nadam entre as visitas
E o descanso faz morrer o fardo
A água da nascente lembra a vida.

Aguardem moradores, o sino irá bater!
Mas antes que minha badalada chegue
Há uma imensidão de rios, cachoeiras
e muitas histórias para conhecer.

Poema estuprador

Ele despiu-me sem a menor vergonha
E fez das minhas mãos seu objeto de desejo
Pegou um papel e pôs o meu corpo à força ali
Senti repugnância daquela invasão de privacidade
Quis enforcar o poema e gritar pedindo socorro
Não tive escapatória, ele introduziu em mim
Uma tal de inspiração penetrante com força
E o pior de tudo é que gostei e gozei
Engravidei e dei à luz um poema no papel.

Morte nas águas de Uatu

Mariana é menina tricentenária
A capital das Minas originária
Que do alto das montanhas
Pergunta às suas memórias
"Cadê o Rio que tava aqui?"

O avô sábio dos índios Krenak
Ganhou nos jornais destaque
E assim ele foi noticiado:
O Doce está enlameado!

Com suas águas cobertas
Onde está seu Resplendor?
Seu fluxo agora de horas incertas
Embaça os olhos e causa extrema dor.

Bruna Kalil Othero

Antropoética

engoli
inteira
dentro da minha boca suja
de batom vermelho

mastiguei
com meus dentes civilizatórios
comi
suas carnes
degustei-lhe
os ossos

digeri
e fundou um império
no meu estômago
criou raízes em meus
intestinos tocou Chopin
nos meus órgãos

caguei
a poesia
mas
seu rastro
me ficou

Antropofálica

ela
me beija sussurra
sacanagens no meu ouvido
lambe o meu
pescoço apalpa
meus peitos passa a
língua
nos meus mamilos

me pega de jeito me
joga na parede
enfiando a mão na minha calcinha
correndo os dedos famintos
sobre minha pele
doce

me chupa gostoso
prova o meu
gosto
me provoca me
morde me dá o
gozo

ela
me come
me penetra
me descobre me revela
gozando em cima de mim
mas eu não cuspo:
engulo

Constatações

até a bala perdida se encontra
e eu não sei que só me chamo Bruna
porque rima com lacuna se não
consigo ser feliz pelo menos tentarei
fazer os outros felizes mas com cuidado
é claro afinal imagina se eu acabo
ficando feliz no meio dessa bagunça
de fazer os outros felizes ah aí não
pode porque onde já se viu uma
lacuna
perdida
que não fosse
triste

Striptease

a cada instante
uma camada
que a cobria
cai ao chão

ela exibe
pomposa
suas curvas
redondas

eu choro
não de emoção
nem tristeza

sai dela
um líquido branco

está nua
a cebola

Delírico

Eu faço versos como quem morre.
Manuel Bandeira

quem bate
na porta
perguntando
timidamente
se pode entrar

quem bate
no peito
tentando arrancar dali
uma veia do coração
sangue venenoso

quem bate
palmas
estupefata de ver
um filho meu
grudado no papel

quem bate
no espelho
catando os cacos
consciente
dos anos de azar

e esse êxtase esse delírio
me excitam
quando pego na caneta

eu faço versos como quem bate uma punheta.

Caio Junqueira Maciel

Esquina de Champs-Élysées com Afonso Pena

A rua da Bahia vira o Quartier Latin
no Carmo-Sion pode estar a Rue de L' Odéon
com a Maison Les Amis des Livres e Shakespeare & Company
e um anjo canta para a cidade querida:
Vai, Belo Horizonte, vai ser Rive Gauche na vida,
vai fazer da Savassi sua Montparnasse,
vai rimar Sartre com Montmartre no Mangabeira ou no Calafate,
vai girar na Vaugirard, Guajajaras e Saint-André-des-Arts,
quiçá seus poetas guardanapassem frases gálio-feiras, malucas,
trazendo o Bar La Coupole ou Café de Flore para a Cantina do Lucas,
fazendo dos bares detrás da igreja da Boa Viagem um *Deux Magots*
[em Saint-Germain-des-Prés
Vai, Belo Horizonte, vai ser Rive Gauche na vida,
deixa a mulher provar e povoar com poder de Beauvoir,
seu Colégio Estadual, que foi École Normale Supérieure,
já nos deu Presidenta da República.
E você já se encharcou de lirismo e de versalhadas nos jardins de
[Versailles da praça da *Liberté, igualité, fraternité*,
onde Drummond pedalava velocípedes ingênuos e o jovem Pedro Nava
gritava *naivetés* segurando o guidon de Gide e repetindo "*je me*
[*sens issue de la culture française!*"

E, bem feliz e Paris, na revista modernista, a poesia
[encontrava sua ascese
e seus mortos no Bonfim se sentiam como em Père Lachaise.
Vai, Belo Horizonte, vai ser Rive Gauche na vida,
clareada pela lua em quartzo crescente que beija montanhas
[de Minas
montanhas que se desmontam em barragens & sacanagens
mas viva a Liberdade, Mouffetard ainda que tarde,
enquanto o Arrudas acena e se arreda para o shopping Boulevard...
Ah, metrópole moderna, inspirada nos *arrondissements*
projetados por Georges-Eugéne Haussmann,
é terna luz que se funde à luz da manhã
com seus bêbados da Guaicurus tendo visões do Bataclan.

Soneto de solidão

As cartas do baralho estão na mesa.
Sozinho, o homem joga paciência.
Mas se julga estúpido. E a desistência
É só questão de tempo, com certeza.

Descartada a esperança, a experiência,
O homem já não crê nem na beleza.
Por isso, já vazios sobre a mesa
O copo, a garrafa e a inocência.

Fechado em copas, mergulhado em caos,
O homem nem pergunta quantos paus
Fizeram a tal canoa naufragada.

Como se fosse no fio de uma espada,
O homem corta o baralho, deixando
Sobre a mesa o rei de ouros, sangrando.

Oração quase concreta

ave maria
ave mariana
água benta
água bento
alma
lama

La Fontaine revisitado

O mais forte sempre vence.
Quer outro desfecho? Nem pense.

O cordeiro, sempre ordeiro,
Quis beber água, mas o cheiro
Da lama lhe tirou a vontade,
Aquele rio já não tinha qualidade.

Então apareceu bem sorrateiro
O lobo, que quis obrigar o carneiro
A beber aquela água imunda
Senão lhe comeria a lã, a bunda
E toda carne tenra do bichinho:
– Vá, beba, refresque-se um pouquinho!

O cordeiro não teve outra solução
O lobo era o dono da mineração
E tinha o poder das águas, das montanhas,
E o que queria lhe entrava nas entranhas.

– Tudo bem, seu lobo, vou beber
Mas o que lhe acontece se eu morrer?
Na minha casa todo mundo já morreu,
Já nasci acostumado a ter medo...
Mas outro tolo como eu
não vai nascer tão cedo...

Para não dizer que não falei das flores

Se eu tivesse o atrevimento das trepadeiras
e galgasse o muro de tua indiferença,
te embriagaria com olor de mil roseiras,
te envolveria com o fascínio da hortênsia.

Em tuas tardes de tédio seria lírio
em fragrâncias brancas te trazendo ânimo,
pétalas de poesia, feito delírio,
exalariam a magia do crisântemo.

E como se não bastasse esta paixão,
cínico como um cacto te atormentaria
com essa fome rubra de boca-de-leão.

Eu que mal-me-sei, bem-te-quero, te amaria
para sempre, se não fosse efêmera flor
a que brota no peito, abrupto amor.

Camilo Lara

Troca de legenda

Onde se lê
estar dentro,
leia-se silêncio;
e onde se
lê adentro,
me concentro.

Fuga

olhar sob outro olhar se anula
adensa a vidraça em estilhaço
como um caracol em seu abismo
de sombras e palavras em arremedo.

alheio, no silêncio de ouvir estrelas
viver de apropriação indébita.

À maneira de Dolabela

I

Seus inimigos dividiram o poder
Seu ídolo foi para o hospício
Sua amada disse: "amor, eu não te amo"
Seus pais anunciaram: nevermore
Seu joelho está fora de campo
Seus fantasmas não fazem companhia
Seus segredos foram todos revelados
Sua musa fugiu com os detratores
Sua lira enredou-se em estado de dicionário
Seu fracasso não ocupa a parada de sucesso

II

Não há vestígio de saudade em seu pijama
Não há vento soprando seu cabelo
Não há poema na página em branco
Não há lembrança com falta de memória
Não há utopia com coração partido
Não há crime em seu colarinho
Não há lenço em sua partida
Não há insensatez em sua bossa
Não há mercado pra vender seu peixe

Passo seguinte

Esquecido o que se perdeu
nas asas do anjo em transe.

Enquanto se procura o vórtice da lâmina
naquela sequência imperativa da lâmina.

Lado B

Jogo através
de vasos e
canos
incomunicáveis
talvez estar
em cores diletantes
ou
neste retrato de vida,
em preto e branco.

Carlos Augusto Novais

Homage to Cage

à maneira de l. r. & f.m & m.d.

se, *acaso*, você chegasse
no meu *poema* e encontrasse
aquela *palavra* que você gostou

será que tinha coragem
de trocar *nosso silêncio*
por ela que já lhe abandonou?

eu falo porque essa *palavra*
já mora no meu *poema* à beira
de um *abismo* e de um *inferno* em flor

de dia me *cala* a *boca*
de noite me beija *rouca*
e assim nós vamos *morrendo* de amor

A morte modo de usar

os fotogramas de eisenstein
os filmes do godard
as retículas de lichtenstein
os megapixels da máquina
a vida de minhas retinas tão fatigadas
os olhos que a terra há de comer

ele põe os olhos grandes sobre mim
e os meus olhos não são meus olhos

as orelhas de van gogh
o apito da fábrica de tecidos
o grito de edvard munch
o ronco barulhento do seu carro
a serenata do adeus
os segredos ao pé do ouvido

um bom conselho que eu lhe dou de graça
também meus ouvidos não são meus ouvidos

a serena posição de lótus
a malhação de judas
o olho por olho dente por dente
o corpo fechado as veias abertas
a missa de corpo presente
o corpo estendido no chão

o diabo que o carregue
então meu corpo não é meu corpo

a alma boa de setsuan
o branco de alma mais negra do brasil
o soneto e os tamancos
a alma do negócio
a sua alma sua palma
o sagrado coração de maria

alma minha gentil que te partiste
pois minha alma não é minha alma

as memórias póstumas e sentimentais
a vida e seu ofício
as rugas que o amor me deixou
as memórias do cárcere
a infeliz grafia de nossa biologia
o memorial da memória

a vida que podia ter sido e que não foi
até minha biografia não é minha biografia

o classicismo dos versos livres
a escrita automática dos parnasianos
o verso de ouro dos modernistas
o processo dos concretos
o lance de dados de duchamp
a angústia da influência da angústia

um poema é um poema é um poema é um poema
assim meu poema não é meu poema

o banho de gás de torquato
a bala cerebral de maiakóvski
a gangrena da perna de rimbaud
as portas do inferno de jim morrison
o bloco na rua de sérgio sampaio
as cinzas de timothy leary

toda minha morte não é minha morte
somente morte e vida severina

As línguas da filosofia

só é possível ser judeu em alemão
ser palestino no muro das lamentações
ser grego no japão
ser africano na áfrica
ser indígena em brasília

só é possível ser negro na américa
ser mulher no vaticano
ser homossexual no campo de futebol
ser criança no asilo
ser humano em marte

só é possível ser maiakóvski no brasil
ser torquato contra a corrente
ser leminski nos limites da língua
ser poeta na abissínia
ser jesus em roma

só é possível falar do ser no deserto
falar da utopia no abismo
falar da verdade na casa de sherazade
falar do eu no outro eu do outro
falar da vida no necrotério

só é possível fazer política na subversão
fazer a paz no campo de batalha
fazer o mundo no exílio
fazer história nas ruínas
fazer poesia em auschwitz

só é possível o herói na comédia humana
a vitória no reverso da medalha
a memória no corpo de delito
o endereço sem fio de ariadne
o riso de si mesmo

só é possível amar no inferno

Utilidade pública

fracassar sem nomear tempo ou lugar
escrever sem satisfazer a parca avidez
traduzir sem atingir ser livro
compor sem o conforto do professor

– lúgubre ainda sem o lume da angústia

falhar sem alçar nem a taça da desgraça
viver sem ceder aos víveres da altivez
rir sem fingir as vísceras dos vícios
repor sem o calor calmo do torpor

– pústula ainda sem a paz do próprio pus

amar sem chegar a saber sequer um par
sofrer sem conhecer qualquer talvez
ferir-se sem abolir o riso da ironia
supor sem se opor ao desejo da dor

– pútrido ainda sem a gula dos urubus

cremar sem apagar a agonia das chamas
perder sem prever o ganho da gravidez
fugir sem conseguir para onde ir
depor sem confessor mesmo já morto

– injusto ainda sem o túmulo dos inúteis

Soneto do mérito

a morte tem a vida que merece
cada cicatriz tem a ferida que merece
toda culpa tem a vítima que merece
nenhuma vítima tem a dor que merece

a angústia tem a influência que merece
cada inferno tem o dante que merece
todo poeta tem a poesia que merece
nenhuma poesia tem o soneto que merece

cada um tem o outro que merece
toda ironia tem o riso que merece
nenhum riso tem o pranto que merece

cada amor tem a paixão que merece
toda paixão tem a chama que merece
nenhuma chama tem o amor que merece

Carlos Ávila

Poetry: the word I am thinking of

& não será
a poesia
(femme fatale)
apenas uma palavra
dentro de outra palavra
que não quer dizer nada
& não será
a poesia
(femme publique)
apenas a migalha
dentro de outra migalha:
fogo de palha
& não será
a poesia
(femme de chambre)
apenas o ar assoprado
por um aloprado
no ouvido do olvido
& não será
a poesia
(femme grosse)

apenas o resto
de um almoço indigesto
entre convivas no inferno
?

o que será
(une femme: infame)
será

Baudelaire sob o sol

o sol
(a ser adjetivado:
im-pla-cá-vel)
descorou a capa
de um volume de baudelaire

as flores do mal
(descubro)
não resistem à lenta
violência do sol
(sol de boca-de-sertão
que estorrica o solo?)

também
quem mandou
colocar a estante
nesta posição:
o que estaria baudelaire
(em efígie gráfica)
fazendo no sertão?

se as flores do mal
não suportam o sol
(repondez baudelaire)
resistiriam aos punhais
do óxido e do sal?

Rendido

rendido
na teia
cortante
do tédio

limado
na trama
oculta
do limbo

consumido
na câmara
escura
do equívoco

sufocado
a ferro e fogo
até perder
os sentidos

Displaced

torto
(errante)
de dentro
para fora

à deriva
na página
e em toda
parte

(escrita
em adiantado
estado de
decomposição)

torturado
nos ângulos
agudos
da forma

Outra vez

outra vez
nenhuma
mensagem
nova

apenas
ruídos
itens
excluídos

(línguas
ininteligíveis
nas linhas
inimigas)

o ríspido
ocupa
o lugar
do lírico

Carlos Barroso

Belo Horizonte

tuas ruas lavadas brilham
a distância
entre a infância
e a explosão de uma vida
que mesmo cosmopolita
nunca conheceu a exuberância

mais ávida
do que simplesmente
ambígua
nunca pôde, por si
expressar suas cores
ante o cinza
que respinga
de suas esquisitices
centenárias

como Belo Horizonte brilha

como chove em Belo Horizonte

05/12/2009

**goldgodgooolgoldgodgogoooolgoldgodgoolgoodgoolgodgologood
goodgoldgooolgoldgoolgoldgodgoldgooolgodgolgogodgooolgool
gooolgodgoldgooolgoldgodgooolgoldgodgooolgodgoldgodgooool
goldegogoolgoldgodgoolgoldgogogoolgoolgodgooolgodgoodgood
gologoldgoooolgodgoldgoooolgoldgodgologoldgodgooolgodgolog
godgodgooolgoldgooolgoldgodgooolgodgooolgodgoooolgoldgod
gogogoldgooolgoldgodgooolgoldgodgooolgodgoldgooolgoldgoool
gogodgooolgodgooldgoolgoldgoodgooolgodgooolgolodgoooolgod
goldgooolgodgoldgooolgoldgodgooolgodgooolgodgoooolgoldego
gooolgodgoldgoldgodgoooolgoldgodgooolgodgooolgodgooolgool**

nas ruas de pequim
passeiam rotos e vendo
o ar chinado
assobiam a marselhesa

um guarda de trânsito
ensina o caminho do cinema

3 mulheres riem do acaso
e compram pipocas brasileiras

mais um chinês nasce
enquanto os sapatos duros
rangem nas calçadas

nas ruas de pequim são paulo

1980

Matéria humana

De que matéria é feito o Homem?
A matéria do inefável
A matéria do indizível
Do dito até que seja maldito
Ou da aversão ao fato?
De que origem é feito o Homem?
A origem do sábio ou do sapo?
A que se destina a sina assassina do Homem
E do seu destino no vácuo?
De que princípio é feito o Homem?
De um início que se nivela ao fracasso
Ou de um sarcófago embrenhado em um saco?
De que assunto é feito o Homem?
Uma desdita em cima, outra em baixo
Um oitavo sentido que já nasce do faro
Uma argamassa que não se separa do barro?

De que comida é feito o Homem?
Se até o que come mostra conquista e desamparo
De que amor é feito o Homem?
A maneira de amar como se fossem passos
Com cada vez mais espinhos cravados?
De que matéria é feito o Homem?
Se até em buracos somos desiguais
Se a praia não é conquista de todos
Se para outro só sobra o ar inexpugnável
Sempre no mesmo descompasso
Até o último tiro disparado
Até a morte mostrar seu rabo?

2013

Amor (ferro de passar)

o amor
não pode ser
nada comum

mas surgiu
de uma delicadeza
desvalida

furor que
arde
às escondidas

e se lambuza
de que o inciviliza

o amor
não pode
ser retorcido

uma roupa
antes do
varal

ou do calor do ferro

não é a
imagem da beleza
pretendida

o amor
não deve ser
um mascate

que vende ínfimas delicadezas
à porta

ou sórdidas certezas
que desimportam

o amor não se repete como ermo

mesmo que no centeio seja grão do grão

e nunca acabe
com
o que o consume

o amor
não é
o encontro

mesmo que
na pose
traga certezas assíduas

mas sempre
há desdém

a que certo
o cativa

por impossível
existir
nas assertivas

o amor que você disse que ardia

me deixou
noites e noites

entre um estranho dormir
e a lascívia

amor não deve
se fiar
na fala

abismo
que gutura
nada além
da rasura
da palavra

tampouco o
amor
deve se fixar
no tempo

seu mérito
seu servo
mero transporte
do

esquecimento

2019

Dagmar Braga

Posfácio

a solidão nos recobriu de fogo
engoliu nossos olhos   triturou nossa prece

sem prenúncio
o encontro se fez rito

fastio morno   sanguinolento

(expulsos do verbo
                    a noite corroeu o abraço)

Paisagem urbana

dentro da mãe
um anjo
despetalado

sonha   guarda
desatina

desprega o fio do tempo

no abismo dessa mulher
o anjo se debruça
entre retalhos e feras

retorcido como a noite
          e o silêncio dos homens

Lembrança

não falo do silêncio a desatar a tarde
com seu gume

nem dos braços pendidos
como pétalas dementes

não falo do suplício do olhar
que já não crê

falo da polpa dos teus dedos
dedilhando o caos
e a profusão de arpejos

e do perfume de malva em tua pele
quando escavávamos
um sol dentro da noite

Deliramento

um silêncio de água represada
espreita meu desejo

a noite arde
          luz   devora

o olhar inflama o corpo
entretecendo
          sóis e luas

meu homem arpeja
desliza sobre a maciez de lábios e umidades
abriga gestos   e línguas   e palavras cavas
                    e reticências

como se fosse domingo
desabotoei as horas
l e n t a m e n t e

abri minhas gavetas e deixei
suspensa
a esperança ilegível

recolhi o desejo
a memória

como se fosse domingo
deixei a solidão lançar seus fumos
meus destroços e lendas

aprontei o turíbulo
– a prece pelo avesso –

desentranhei-me –
o coração vadio

o corpo
o olho nu

Daniel Arelli

Alguém vaticinou

que o nome próprio é uma maldição perene
como se não bastasse nascer
somos forçados ainda a carregar
os nomes que nos impingem
como um carimbo um ferrete uma etiqueta
a história de promessa e frustação
que representam.

Senão vejamos:

Daniel foi um profeta judeu
capturado pelos babilônios
para servir na guerra contra os persas.
Não raro tinha visões apocalípticas
que transcrevia em versos.
(Sofria também de azia.)
Quando descobriram que era um completo farsante
Daniel foi lançado aos leões
e devorado em poucos minutos.

Hotel Toffolo revisitado

sobre um poema de Drummond

Adentra o salão da modesta hospedaria
que resiste, tímida, à máquina da nova cidade
pulsando arfante no coração da velha.
Dispõe a mesa contra a parede,
uma mesa sólida contra a parede intransponível,
e senta-te só, com o pouco silêncio possível.

Este pão com que ora te sacias,
toma-o como o pão primeiro
do qual partem todas as fomes
e ao qual todas retornam, apaziguadas.
("Cuidai primeiro do que comer e vestir
que o Reino dos Céus virá por si").
Esta palavra que tu ora calas,
concebe-a como a última fortaleza
contra a loquacidade do presente.

Desentranhado da biografia de um filósofo

Qualquer pessoa que conhecesse algo sobre Max Horkheimer
saberia
que ele era capaz de uivar como um cão.

De acordo com testemunhas
ele podia demonstrar esse desconcertante talento
tanto nas ruas de Manhattan
como na Estação Central de Frankfurt.

De acordo com testemunhas
o filósofo teria ensinado a uivar seu próprio cão.

Teatro

O anoitecer como teatro espontâneo
com um imenso ciclorama panorâmico
disposto muito próximo à plateia.

Daí essa ilusão de bidimensionalidade,
esse jogo de superfícies simples
que torna toda profundidade um mito.

E esse feixe de luz em *fade out*
que parece fundir os atores à cena,
como se só existissem no drama:

o peixe desenterrado da areia; esta pedra
porosa que a maré trouxe à costa; a areia
e o vento, entrelaçados na duna. O mar.

A doutrina da vida reta

Linha que traço na parede
branca cujos limites não vejo.
(Será parede, chão ou teto?)
Linha reta – mas parece curvar-se.

Não tanto linha que traço,
mais bem linha que estendo
e ato entre dois pregos estáticos
– que no entanto deslocam-se.

Suporte de um quadro branco
que penduro no prego único
com o fio que traço (ou ato).
Equilíbrio – mas pende pro lado.

Djami Sezostre

Oh cahtahrahkwyh

... ohcatarakwy, istrongi
oplunguis alongui, ohcatarakwy
istriquingui iraguingui, ohcatarakwy
asif awar waguingui, ohcatarakwy
itis cavernis andi tavernis amongui, ohcatarakwy
risingui andi leapingui, ohcatarakwy
sinkingui andi creepingui, ohcatarakwy
sweulingui andi seepingui, ohcatarakwy
shooweringui andi ispringingui, ohcatarakwy
fliingui andi wriguingui, ohcatarakwy
ediingui andi whiskingui, ohcatarakwy
ispoutingui andi friskingui, ohcatarakwy
turningui andi twistingui, ohcatarakwy
aroundi andi aroundi, ohcatarakwy
withi andlessi reboundi, ohcatarakwy
ismitingui andi figuitingui, ohcatarakwy
confoundingui astoundingui, ohcatarakwy
dizziingui andi deafeningui dear withi itis sooundi...
oh ohcahtahrahkwyh

oh ohcahtahrahkwyh
oh ohcahtahrahkwyh
oh ohcahtahrahkwyh oh ohcahtahrahkwyh oh
ohcahtahrahkwyh...

Sudário

çim jeuss csrito ivev edntro de mmi
eel drome em mniha csaa em mniha cmaa
eu eo ajno de lux msorto os ohlos de lúzifer
e jeuss bieja mniha bcoa os libáos cehios de erestlas
eu o ajno de luaz vvio de parzser vvio e fmoe

fmoe e sdee de sxeo jeuss um

jeuss de ohlos mohlados
ohlando osm e usohlos mohlados
eu o ajno de luz com a sdee do mnudo
a sdee em mniha línuga

o
ajno de luz teprdao na curz
o sbulime o ajno ridevvio de lu

z
abra

Transe

Eles, nem meu pai, nem minha mãe,
Nunca leram um poema meu, nunca,
Não leram porque eles viviam em
Transa com a natureza e não tinham
Tempo para ler um poema, tinham
Tempo sim para ver a minha poesia
E perguntavam, às vezes, quando
Ouviam de minha voz, que letra era aquela letra,
Ouviam de minha voz, que sinal era aquele sinal,
Se tinha acabado, se tinha mais,
Se podia ler mais, se tinha como

Escrever, por exemplo, o arco-íris.

Catequese

Vamos arrebanhar os fiéis, mas os infiéis também.
Vamos arrebanhar os infiéis, mas os fiéis também.

Inclusive, Senhoras e Senhores, aqueles que traíram
As mães e deixaram as pobres nas ruas da amargura.
Inclusive, Senhoras e Senhores, aqueles que comiam
As irmãs e deixaram as pobres nas ruas da amargura.

Vamos arrebanhar os fiéis, vamos arrebanhar, vamos.
Os crentes ou não. Os incrédulos ou não. As virgens
Ou não. As lésbicas ou não. Os milionários ou não.
Os miseráveis ou não. Os pretos. Os brancos. Ou não.
Ou não. Hermafroditas ou não. Africanos ou não.
Latinos ou não. Europeus azuis. Europeus verdes. Ou
Não. Ou não. Americanos burros. Ou não. Bestas ou
Não. Gente de qualquer tipo serve para a Congregação.

Jesus está vivo!

Vamos arrebanhar os idiotas, inteligentes ou não. E
Vamos passar as próximas férias em Punta Cana...

Uivouivouivo

Estar, digo, eu mesmo estar comigo,
Não é fácil, estar comigo requer pa
Ciência e eu sequer tenho paciência
Comigo mesmo, portanto, estar co
Migo é não estar com ninguém,

Com frequência, para o meu alívio
E o aliviar dos meus sentidos, eu,
Afinal, estou comigo, mas realmente
Nunca estou comigo, suspeito até
Que jamais estive comigo, mesmo

Quando eu vivia antes de estar as
Sim, definitivamente comigo, para
Sempre comigo, perto ou longe,
Maravilha de inferno que é verde
Como um cachorro, uivouivouivo

Edimilson de Almeida Pereira

Na casa da palavra

os homens que falam poeira cadê sua miséria comentam o motivo de falarem poeira cadê sua miséria.

Poeira cadê sua miséria não é só poeira cadê sua miséria: mas o ovo de outras coisas.

Os homens que falam poeira cadê sua miséria se vestem de poeira cadê sua miséria. Eles se conhecem desde-o-ó-do-mundo pela música que poeira cadê sua miséria faz neles.

O modo de falar poeira cadê sua miséria deixa a língua no sal.

Os homens que falam poeira cadê sua miséria treinam de usá-la. E nunca repetem o que disseram no camaleão poeira cadê sua miséria.

Instrução do homem pela poesia em seu rigoroso trabalho

1.

O nome diquixi se arrumou na sombra. É de sua natureza
habitar os vãos as eiras: entre o que há-de-ser.

O lápis, mais que a vontade, quer o nome e a coisa, a
família da palavra num corpo. Esclarecido.

E se desejarem que eu testemunhe o viso visto, só de meus
olhos? Erma campanha. Eu e o intervalo das coisas com
outras onças por dentro.

O diquixi dorme com uma cabeça. Se o escrevo ganha
tantas de resto. E se nunca o escrevo
terá deveras uma cabeça?

O engaste é de manhã, quando perguntarem. O visto era
vivo, visagem de carne e osso? Ou liames de sua letra e sua
vista mal cordatas?

Se o diquixi nem fosse, mas coisa reles: fio e pavio, tecido
e teia – ainda assim, como furtá-lo em sua mudança.

Melhor escritura a que revela revel.

2.

Porém, escrevo. Para cem cartas mil lagartas.
Quando a dúvida imagina sentidos a terra já
se viu madrinha de meus provérbios.

Verbos provados, de camisa, colete e sapato.
Assim como no ir à missa à procissão para ser
mais amado que o santo.

Quem não risca não sabe os rios da palavra, o
labirinto de haver escrito sem estremecer. Eu
mesmo me avio: parceiro da chuva, do capim
cebola preparo um livro de cortar.

E se perguntam: ainda não é manhã? É quando
eu no verbo faço manhã ou noite. A treva é a
escrita, nem mais, nem pois. Deus não entor-
tou linhas por que escrevia canhoto?

Medo o só da escrita com leitor viajante. Mas
se há leitor de lidas, a e b são histórias infer-
nas.

Com modos e truques de ouvir.

3.

O nome diquixi escrevo e diquixi não é. Mas cutelo e cutelo também não fica sendo.

O tudo ponho em lápis, fileira formiga de letras certas. E não me alegro porque não chegam miúças na terra pós-chuva.

Escrevo diquixi e não vinga: outra coisa é diquixi escrito. Tudo somenos.

Entorto linha bem procedo e a escrita morde. E se escrevo com letra de não grafar: o ledor resolve?

Como Antão em sua caverna tento.

O bicho no entanto.

4.

O nome diquixi se arrumou na sombra. Sombra a do meu escrito.

Sob a pele do verbo o lobo o crocodilo-mor. Tudo mudado, mas sem doma. Como o guará cortando a estrada.

Agora posto, concordo. A palavra vista é uma cabeça com outras onças: um couro no tempo da madeira.

Mas não é um tambor: a palavra.

Como um tambor é pouco sem outras coisas dentro.

Como o torpor não é sem as roupas do sol.

O nome diquixi escrevo e diquixi parece. Sob a unha a paz da palavra seje.

Les hommes-bêtes

(notas para um etnógrafo)

1

rito de nascimento:
o ramo de ouro
as minas de prata

apesar do autor, o texto se arrisca para não colher enxertos à sua margem. o texto seta não funda colmeias nem países (com adjetivos), desarma o lacre e a fábrica de belas artes. para quem não basta o miolo ou a carcaça, o texto sugere o alarido da ostra

2

rito de iniciação:
o ramo de ouro
as manias do rapto

apesar do texto, o autor contém
a ira ante um mercado de erros.
lê como se extraísse a casca de
um orífício. (sem armas) o autor
se arma ainda que a função não
o obrigue: estão fartas as peças
que imprimem letras, embora
autor e texto insistam no marco
zero de suas medidas

3

rito de fertilidade:
o ramo de ouro
as moedas no caixa

apesar da escrita ou qualquer suporte, autor & texto suportam a linguagem e a língua. se algum desvio torce-lhes a superfície, autor & texto veem aí as coisas e dizê-las (em palavra som imagem corpo) é uma questão entre outras. autor & texto negociam o abismo ou melhor: a montagem para trazê-lo às retinas

4

rito de puberdade:
o ramo de ouro
a miríade falsa

apesar do leitor, autor e texto deflagram as cápsulas do sentido. as máscaras do leitor têm na luta o sinal de boa vontade, suas garras vão ao texto como dardos à fruta: o que mordem não é carne, mas o que estando ausente se fere ainda mais. diante do leitor não há caixa-forte: se a forjassem, autor e texto fariam (quando muito) uma chave às avessas

5

rito fúnebre:
o ramo de ouro
os foles da palavra

apesar dos pesares, autor e texto atiçam as hélices como se um – por não ser linhagem sem o outro – expirasse à beira do livro (objeto para não conter guelras nem acidentes). nome que se desse ao texto e seu autor não faria o livro nem a página de rosto com que este nos ilude: para o autor e o texto, a memória é um imposto que se cobra a si mesmo

O que danças?

Porque nasceu, um corpo não garante lugar
entre os fiadores da palavra. Às vezes,
é um canal por onde escoam as fúrias,
mas não o chamaremos de rio.
Outras vezes, é a cabeça que andará o mundo,
nem por isso a saudaremos: mãe.
Um corpo se não diz a que veio,
não nos interessa.
Ainda que resuma a noite em sol,
não vale mais que ímã para os rastros.
Porém, se erra entre vizinhos e estrangeiros
é um caniço para toda música – a cicatriz
desse corpo são os ofícios que aprende.

*

OS DENTES dizem que chegaremos em segundo,
sem direito à verde campina.
Da carne recebemos uma porção-espelho:
a que tocamos se disfarça em névoa a esconder
nossa alegria faminta.
Como se não bastasse, entre nós, a disputa
pelo anel de sangue, somos lançadas
ao escárnio que se estende, como uma pradaria,
para além da consciência: – nenhuma
de nós sente conforto em ser a madrinha
obscura de sua irmã,
mas assim é que nos esperam, antes
e depois da passagem dos rapinadores.

*

SEM FÔLEGO não é desginação para as pernas,
não lhes é permitido serem menores
que o senhor do alto.
Embora se ralem à beira do penhasco,
é como enguias de junco que se apresentam
à porta venerável: "Se não comportam seu
próprio medo, merecem polir, uma a uma,
as presas levantadas contra os seus herdeiros."
Não fosse o senhor do alto o senhor,
diríamos que também ele deixa
em nossa espádua os sinais do predador.

Quem ousa, no entanto?
De sua cobiça se espraia a generosidade
(que suaviza os estragos da morte)
onde os limites da planície são medidos
pelo vibração das fibras, em sua cobiça se
desaprende a agonizar na tempestade.
Sem fôlego não é designação
que as costas mereçam, nem colônia
para o envelhecimento do vermelho. Sim,
que a forma sim nos assegure domínio sobre
a relva
o pântano
a colina
e o deserto
ainda que alguns, dentre os mais rápidos,
não vejam duas vezes o pôr-do-sol.

*

A GUINADA sobre o inimigo se arma em um
lapso
de sua auto-confiança, isso e a arrogância
de quem não superou um arbusto semeiam
discórdia entre os que se pensam
irmãos por terem arranhado o berço de peles
: atrelados a esse círculo vestiram-no
como paciência (ou vício)

de um domingo interminável : porém
a guinada vira o sentido antes que a saliva
enrugue a língua e cristalize o preceito
"se me dás um desastre, levarás um igual".
: é que de uma guinada a outra toma-se gosto
pelas palavras que não
se esposam e dizem em relâmpago.

*

não danço esta dança nem outra em
não-erigir sobre
o totem que amadureceu a ovulação do verbo
em não-erigir sobre nada em não-erigir
se fez o destino
do enganado pelos sinais de pedra e musgo

não danço o barco
da grande tartaruga
não
o vértice do lagarto

não danço os dentes
da hiena
o fôlego antílope
a guinada da lebre

não danço
a argila o sangue a
dança que se antecipa
ao corpo

não danço o que danço o que não danço
danço
para estupor da autoridade quem vai
ao campo não sabe se retorna no entanto
deixar-se ir é um atrito cujos
laivos ficam menos
na pele que no pensamento salvem pois

o que não dança

senhor-ninguém dos ossos e medula erro
na coreografia animal sem nome
e culto que tem o abismo por mensagem

o que não dança a pergunta "o que danças?"
escava
os calcanhares e se dança
retira das vísceras um mito zero em sintaxe

Tríptico

I

Sob a lama, o silêncio.

O canto
prova-se
lâmina.

Quietude sob a lama.

O canto
recusa
a infâmia.

II

No oco – cavado
por quem?

O podre, breu
da esfera.

No bojo – levado
por quem?

O sangue, letra
zero.

III

Escuro = verde
lagarto.

Verde = escuro
pássaro.

Mundo cifrado.
Nós.

Elaine Oliveira

Estranhamente

Quero soltar as amarras
que estranhamente criei.
Não há motivo para mantê-las
nem entendo porque lutei.
Com ares de amor
sem sequer ser real
tomou forma dentro de mim
com viés de imortal.
Juro, não entendo o que houve
nem o porque de existir.
São espaços vazios que tenho
e não me permitem sorrir.
Mas nasci pra liberdade
ir e vir estão em mim...
Talvez seja o que o atraia
pois não pode ser meu por fim.

Crisol

Quero o aconchego do seu abraço
um carinho pela manhã
trilhar sobre seu traço
me vestir do seu afã.

Quero ser sua moradia
poder te dar bem mais que eu
ser um pouco de alegria
uma jóia, um camafeu.

Quero estar no seu crisol
e você ser meu artífice.
De sua música, o bemol.
De sua igreja, o pontífice.

Asas

Não busco em seus braços
segurança de um porto
posto que é morno demais pra mim.
Antes quero transformá-los em asas
com envergaduras que me caibam
Que caibam meus sonhos...
E que o vento nos ache pelo caminho
E voemos,
oremos,
pelas causas que cremos.
Sem anilhas nem identidade,
sem presilhas ou santidade.
Não busco em seus braços
o impuro de um morto
posto que é frio demais pra mim.
Antes os quero como asas,
antes os tenha como brasas,
antes os habite como minha casa.

Quase

Sonhei em quase ser feliz
quase pensei ter você
quase que eu me iludi
quase você veio me ver

Quase acreditei não estar só
quase até viajei
de mim quase senti dó
eu até quase chorei

Quase não quis mais te amar
quase escolhi te esquecer
quase cri no efêmero
mas de quase quero viver.

Confesso

Perdoa-me por ter te esquecido
por negar flertes que ardiam
e nesta ardência divergir signos
e no significado me perder.
Confesso que verti prazeres
e por ver-te senti quereres
coisas que faço tão minhas
pretéritos que busco em mim.
E nos idos bons das lembranças
o que de mim não é próprio derramo
viajo em teu profundo silêncio
e, planando, velo teu riso.
Passado antigo
passado a limpo
em fotos e cartas
invernos hostis
invado e garimpo em solo infértil
amores e dores que nunca confesso.

Emília Mendes

O poema, o poeta e a urbe

I

Este poema é irredutível ao parco desespero,
Ultrapassa a dor de meros angustiados versos,
Ulcera qualquer existência lhana e medíocre;

Este poema conhece o fremido frio dos ossos,
Os frangalhos das almas, o amargo do desterro,
O fel dos pesadelos e seu devir no arrebol;

Este poema é mais salubre que as lágrimas
Malditas que algum lábio já experimentou.
Mas é menos forte que qualquer obsessão suicida.

II

Eis-me aqui, o nobre poeta que chora a dor:
Somente o canto melancólico de um violino
Saberia traduzir a fiel melodia dessa solidão.

Este poema disforme irrompe em mim
Tédio, angústia, saudade, desprezo, pavor;
Temo que este tácito pavor me acalme.

Eu não sei desvencilhar-me do sentir e padeço
Diante desse campo minado da sensibilidade.
Dôo-te este sorriso putrefato em minha boca.

III

É nos movimentos dos carros que a urbe urde a dor.
A cidade assola nossas vidas pela peste endêmica que é.
A quimera dos que aí chegam, ela banqueteia famélica

E urge o amor, urge a beleza, urge a fantasia...
Onerosa, a monstruosidade atinge a todos.
Ousa o encanto existir senão na memória de poucos.

Estas chagas expostas da violência são intratáveis,
As moscas que nos rodeiam tatuam-nos suas larvas.
A urbe urde *ad infinitum* a dor desse lasso poetador.

O desprezo

Os mestres que venerava me traíram.
Minguados amigos que um dia tive,
Esquivos e impacientes, já se esvaíram
E não há inimigos que não os cative.

Encontro-me privado de tudo o que prezo.
Algésico, posso sentir, carcomendo sob a pele,
Esse verme indolente que desprezo.
Tal carcoma, nem impetuosas iras o repele.

Descri do que essa vida dita,
Desse engodo luzente que compus.
As trevas só me trouxeram a desdita,
A luz, o peso da sua cruz.

Genuflexo perante tamanha dor,
Do egoísmo, estou entre os dentes de chumbo.
Sou infortunado pela vaidade e pelo temor.
O mal é o outro: é só o que vislumbro.

Estudando a marginália

Naqueles tempos da nação Pindorama,
O mal já trouxe o seu alto preço na bagagem.
Isso já se vê numa imagem, num limitado panorama,
Cruel trama, de como os índios, derrotados pela escória,
Tornaram-se a margem da margem da margem da margem.
Aberração: isso é só mais um dos fatos grotescos da história!
Somos agregação da escória: cleptocratas, corruptos, traficantes e degredados,
Outisiders, outcasts, a nobre origem é uma ilusão, engodo, miragem, linha divisória.
Desde então, marginal ganhou importância nacional,
Compreende todos os extremos do termo, com título oficial.

E tudo já foi dito pelo sábio Holanda:
Isso aqui é só uma periferia sem centro!
É cada um por si e ninguém está dentro!

A favela é um problema social, não um mal.
Marginal romântico fazia samba, era bamba,
Assumpção: *Benedito João dos Santos Silva Beleléu,*
Vulgo negro dito, vulgo maldito, vulgo mito, vulgo réu.
Na periferia sem centro, a violência é geral, é banal.
Morte, dor, pavor, crueldade. Cidades bandidas, feridas.
Armas, balas perdidas, vidas excluídas, gerações banidas.
Trivialidades: o drogado que sustenta a droga da droga
Que prorroga a droga da periferia; a droga que só sustenta
Os que estão na marginalidade na droga da marginalidade!

Pois é, disse o periférico Tom Zé:
– *Por que é que a gente tem que ser marginal ou cidadão?*
– *É para ter a ilusão de que pode escolher!*

Rimbaud sentou a beleza em seu colo
E a injuriou, e viu nos seus olhos a amargura.
Indiferente, não lhe prestou socorro ou consolo.
Armou-se contra a justiça, contra a brandura,
Confiou seus bens ao ódio, à miséria, aos demônios!
Mas os periféricos desses tempos são pios demais,
Cristãos demais, místicos demais, carolas demais
Para entender a rebelião que o inferno significa.
Creem na cruz, viciados na chantagem do paraíso.
Maquinam duras maldades e ainda esboçam um sorriso.

Isso aqui é, e sempre será, uma periferia sem centro,
Com um deus sádico aumentando o tormento
Sem um único pobre diabo para dar alento!

Aí chega o aspirante a poeta marginal:
Mamãe, meu novo poema, que tal?
Para compor o personagem radical
Caiu na esbórnia da madrugada no Maletta,
Mostrou a todos o poema que mamãe agradou,
Entrou para o ranking, se passou até por punk,
Chafurdou na lama etílica, jurou vendeta, vomitou,
Vaidoso narciso, inflou-se com a sua criação.
De manhã, sobre sua cabeça, a verdade ruiu:
Ai meu deus, a madrugada só mentiu!

Já nem me desconcentro: periferia sem centro!
Mc Solaar já dizia: *Sua filosofia é pura mitologia.*
E acrescento: sua poesia é pura mitomania.

E tem o outro cara que se autointitula marginal, malhado, visceral,
Mas se vale de seus bons contatos na polícia, das tramoias da política.
Tirou do cinema, a duras penas, sua postura de ideal.
Não bebeu coca-cola para protestar contra o mal!
Paga 1.500 por um figurino banal, estilo vulgar, sem maestria
Arre! Tanto tostão por cada hipocrisia! Ego trip, complexo de vip!
Então ele se vê na armadilha da guerrilha que na ficção idolatra:
Convincente, surge o marginal sem cena, armado até os dentes.
Vem a paranoia, medo demente, violência, sangue, destruição,
A adoração ao mal se transforma em: "socorro, me salvem desse vilão!"

É como já disse o Gato Jair:
– *Eu vi a violência, vivi a violência,*
Ouvi quando gritavam: viva a violência!

Eu, Emília Mendes, pomo da discórdia por vocação,
Conheço meu papel, que desempenho com prazer e devoção,
Desafino o coro dos contentes, por pura intenção.
Do alto da minha insignificância dissonante, redigo:
Isso aqui é só uma periferia sem centro! Uma periferia sem alento!
Maldigo toda essa mesmice, essa tola continuação!
Os tempos mudam, sou a favor da evolução!
Não há mais ideais marginais libertários, somos todos presidiários!
Precisamos de uma salvação sem nenhum princípio ou príncipe cristãos!
Abandonem a repetição necrófila do passado por uma futurologia singular!
Disse Almada Negreiros aos poetas portugueses do século XXI:
Despejem caixotes de lixo à porta dos que sofrem da impotência de criar!
Rejeitem o sentimento de insuficiência da nossa época!
Chega de marginal gagá! Marginal que se bate pelo título e nada mais.
Torquatalha: *E insisto, porque insistir é a minha insígnia!*
A medida: o impossível, com mais excessos na sua postura humana!
Mesmo nesta PAUPÉRIA, um pouco mais de MARGINÁLIA!
Sem centro, adentro.

Meu destino é criticar

A crítica

O crítico: Sempre se ouviu que sua frustração era: não ser poeta...
Ele, ora é tratado de forma abjeta, ora é vítima de bajulação indiscreta.
Todavia, hoje em dia, com tanto poema ruim e poeta sendo coroado,
Existe é muito crítico fazendo a crítica "melhorando" o objeto criticado.

Coitado do crítico com quem ninguém se importa!
Coitado do crítico, coitado dele...
De tão lúcido, já parece sem coração!
A arte é triste sim! Mas hoje é de outra forma...

Tem crítico, de consciência pesada, querendo fazer justiça,
Que sente culpa pela arte desprezada, pela crítica omissa.
Quer se redimir de todo o passado, mostrar ser o mais sensível...
E a única coisa que faz é mostrar uma gama de poeta invisível.

Tem muito crítico que além de tolo é cretino!
Tem aspirante a crítico, que não sabe analisar.
Tem crítico dono da verdade, tem crítico assassino.
Tem crítico de ideia crítica, tem crítico que só faz polemicar.

Tem crítico meia-boca, meia-pataca, incongruente.
Crítico de jornalzinho de entretenimento para clientes
E faz o maior meio de campo com o patrão, para se safar
Mas ele e o patrão só querem mesmo o óbvio, nada de ousar.

Se você vai no estabelecimento dele, você é bom; se não vai, você é ruim
Se o convidam, você é bom; se não o convidam, não é O escolhido, você é ruim
Entretanto, é preciso uma compreensão desse ímpio velho jogo chinfrim:
Se a firma tem lucro com você, você é bom; se não, coitadim!

Há distância entre o ser e o parecer.
É preciso ter talento para a arrogância.
É preciso ter talento para a humildade.
Só não dá para suportar tanta má performatividade!

O objeto

“O poema deve ser como a nódoa no brim:
Fazer o leitor satisfeito de si dar o desespero”.
Se quer ser grande, aborreça a todos, encolerize,
Provoque até a exasperação, dissemine destempero.

A literatura e os gêneros literários não se organizam mais em uma mesma norma.
Contudo, esse jornalismo d´alma sem sentido, sem forma nem cabimento,
Exige muita boa vontade, otimismo e empenho para pinçar um mero entendimento.
Coitado do leitor, coitado dele! Coitado do crítico, coitado dele! Interpretar, de que forma?

É por isso que dedico meu sofrimento à sua infelicidade,
Que você sofra um pouco e pare de escrever calamidades!
Chega de cópias sem reflexão, de modas já passadas, fanadas.
Escreva algo com opinião e originalidade, ou não escreva nada!

Não há como desconhecer a tradição; repudiar isso é engodo, ilusão.
Mesmo que você queira romper com tudo, que você negue tudo, diga “não”,
É preciso conhecer o conteúdo deste “tudo”, do seu alvo de revolução,
Sob pena de não romper com coisa nenhuma, só mais uma pseudorrebeldia em vão.

Poeta que nunca estudou poesia é um desastre, um sofisma.
Crítico que nunca estudou outros críticos é um cataclismo.
Frutos da derrocada, repetem cretinamente a mesma cisma:
São vítimas da burguesia sem gosto, são vítimas do porco capitalismo.

Entre o Ser & o Ter... gasta-se tanta energia em tentar parecer ser
Que não sobra força criativa para escrever nem que seja uma pífia poesia.
Entre o ser & o ter... o ter venceu a batalha, dia a dia e por pura ironia.
Eu tenho um livro, um blog, um site... mas só tem mesmo é apatia!

A Blague

Eu, Suzana Blague, não me importo com o que tudo isso deflagre.
Sou ocupada demais para ignorar você, se conforme, não se indigne.
Pense com afinco, e pense de novo, poesia não é passatempo bobo.
Ou a poesia toma um rumo, com seus "escritores ousados" envolvidos
Em fazer algo novo e em conformidade com o nosso tempo, que indaguem,
Ou vamos fazer uma solene modalidade de enterro, com mortos e vivos
E jogar a pá de cal e, com pompa e circunstância, condená-la ao olvido.
Acabemos logo com essa agonia, desliguem os aparelhos! Fim ao desconforto!
É simples e elementar: cérebro morto não dirige mais o corpo!
Poesia: ame-a, conheça-a, empenhe-se ou deixe-a!

Mini-(auto)biografia

Na minha psicologia de uma vencida, eu, Emília Mendes, filha do carbono e do aminoácido, apresento a operária das ruínas, o verme da discórdia, Suzana Blague, diva do mal falar, Star do mal estar, pantera da solidão, cuja dura fria vida não tem claque, cujo nome e existência já se extinguem na fria ignorância inorgânica desta terra, cujas quimeras sepultadas já não estão mais na somatória das coisas.

O mundo do trabalho

No início e no fim, tudo é trabalho. É dessa grande verdade que aqui me valho.
Deixa... deixa eu dizer o que penso dessa vida, preciso demais desabafar...
Para haver vida, é preciso laborar no sexo, ocupa-se nove meses, uma eternidade,
Depois vem o trabalho do parto, o resguardo, a maternidade, tudo muito complexo.
Não há perplexidade: do trabalho vieste e ao trabalho retornarás. Não há como se safar.
Todavia, morrer não acaba com o trabalho, depois que sua alma daqui for embora,
Ainda deixará o trabalho que a putrefação dá; nem os vermes se esquivam do laborar.
Tudo no mundo é condenado ao trabalho. É sórdido, mas é a vida!

A tortura está na origem do trabalho. Labor & dor, eis o lugar comum da rotina.
Os trabalhos e os dias e os dias de trabalho... e mais trabalho para pôr em dia.
Sem dar vez à artimanha, o mundo do laborar parece um trabalho de Sísifo e seu fígado:
Sobe montanha de trabalho, desce montanha de trabalho, sobe montanha de trabalho,
Desce montanha de trabalho, sobe, desce, sobe, desce, sobe desce, sobe...
O trabalho é uma droga, o trabalho vicia, o trabalho mata, o trabalho demencia.
Quem só encontra prazer no trabalho, decerto, alguma doença experencia.
O trabalho danifica e sabota o homem... mas quem sou eu para discutir psicologia?

Tudo gira em torno do trabalho, que gera, como consequência, o dinheiro.
Quem trabalha é que tem razão, [pois tem cifrão] *eu digo e não tenho medo de errar.*
Já a remuneração, é outro problema, do operário ao professor, não é preciso nem detalhar.
Trabalho como um louco/ Mas ganho muito pouco/ Por isso eu vivo/ Sempre atrapalhado/
Fazendo faxina/ Comendo no China/ Tá faltando um zero no meu ordenado.
Vivo sempre esse dilema, preciso ter honorário, mas não quero tanto trabalho, ô sistema!
O mundo é sempre labor, laboro feito um condenado, vou morrendo na armadilha dele, agoniado.
Se o trabalho fosse essa maravilha que se diz, ô infeliz, os ricos não nos teriam feito seu aprendiz.

Que não se iludam os românticos, os poetas ingênuos, os místicos e amantes sem maldade:
Não choraminguem sobre o amor... claro, o amor custa caro! Exige trabalho permanente.
Com dinheiro, tudo se resolve: *o amor tudo pode, exceto contra a pobreza e a dor de dente,*
A conquista dá dispêndio, tanto intelectual, tanto física, quanto financeiramente.
O casamento é um gasto demente; haja pegar no batente para sustentar a casa e o delinquente.
O povo sabe e não me deixa forjar esta verdade latente. E já dizia um poeta bamba:
Você quer comprar o seu sossego/ Me vendo morrer num emprego/ Pra depois então gozar/
Esta vida é muito cômica/ Eu não sou Caixa Econômica/ Que tem juros a ganhar.

A rotina do trabalho é por si só uma aporrinhação, reunião atrás de reunião, atrás de reunião.
Tem gente que não pensa como eu, ai que trabalhão. Democracia só é boa se é a minha opinião.
Abismos de trabalho sem fim, vou dormir e não acaba, sonho com o trabalho, que pesadelo!
É o progresso, é preciso trabalhar por ele, é o retrocesso, é preciso sair dele.
E é com base no trabalho de Marcelo Dolabela que redigo:
Tire o seu trabalho do meu trabalho, que eu quero passar com meu trabalho,
Se hoje para você eu sou trabalho, trabalho não machuca trabalho.
Eu só errei quando juntei meu trabalho ao seu, cuide de seu trabalho, que eu cuido do meu.

O nada fazer nos livra do tédio e do vício do trabalho. O ócio é essencial, constitutivo, inerente.
Por isso, merece cultivo: a preguiça de Macunaíma; a lentidão de Dorival; a Pasárgada de Bandeira.
Todo mundo tem direito à vadiagem, a andar sem eira nem beira, a umas horas sem produção!
Esse é o manifesto da inação, do postergar, do procrastinar, como direito de resistência do cidadão.
O trabalho compra lazer, viagens, cultura e entretenimento... mas somente quando sobra tutu e tempo.
Planejar diversão é um trabalho para esquecer o trabalho. Já as redes, impõem trabalho: like, like, like…
A felicidade se compra, a felicidade se financia. O trabalho patrocina os sonhos, bem como a poesia.
Certeiro é: mais vale o labor exigente da arte do que o trabalho de dias inteiros a perseguir só dinheiros.

Este trabalho é baseado nos trabalhos de: Marcelo D2/Cláudia/Ivan Lins * Ataulfo Alves & Wilson Batista * Benedito Lacerda & Ary Barroso * Lane Kirkland * Mae West * Nássara e Orestes Barbosa * [por ordem de aparecimento]

Mini-CV Lattes

Emília Mendes. Trabalho todo dia, de segunda a segunda, é uma agonia. Aula, orientação, congresso, pesquisa, reunião, aula, orientação, congresso, pesquisa, reunião... nada de tempo para a arte ou para poesia. Oh god! Qualquer dia ainda faço uma rebelião!

Erick Costa

Se a margem do nome se move,
um nada se curva à mão:
quase nada,
de informe que fora,
faz-se forma pelo lado de fora.

– risco no instante
do relâmpago em que me apago –

quase morte centelha viva a voz de ninguém

a semente seca
que tomba da boca planta
o beijo da noite na língua
de fogo que me
habita e queima
agora
em seus lábios:

o que vegeta
no sono viceja em seu dia

Um caminho caminha

– atravessou andando um abismo –

1
sobre si,
o passo caminha:
sem chão

2
completo o percurso,
atirou seu chapéu no vazio:
por constrangimento

3
tropeçar dá ritmo à prática:
equilibrar-se como quem cai para todos os lados
– de pé –

Perspectivas

click:

menina vermelha
de beleza playback
na cidade sem alma
de glamour preto e branco

Na TV, anuncia-se mais uma vez o controle de catástrofes climáticas, embora duas ou três putas preservem a antiga arte de esconder navalhas debaixo da língua como prova de seu amor inconfesso.

A cidade e a baleia

Um dia, duas pessoas decidem ter filhos e entendem:
é preciso ter uma casa.
A cem metros, uma cabeça se sente muito só e teme a chuva.
Entende que é preciso ter um abrigo.
Outra gosta de riscar.
Quando descobrir o papel, será inevitável um teto que cubra
papel e cabeça.
E assim por diante.
As cidades nascem deste entendimento:
é preciso equacionar desamparos.
Mas o tempo passa e o entendimento muda.
Algumas vezes, desaparece.
Prova de que com o tempo se desentendem as cidades:
há habitantes que não entram nas casas,
perambulam de esquina em esquina,
prevendo o fim dos tempos.
Quando todos os habitantes desentendem uma cidade,
mas não conseguem desfazê-la, empalham-na
e dizem: é uma cidade histórica, tombada.
Mas a cidade está de pé.

Porém, é um conjunto de casas empalhadas.
Ou a carcaça do tempo.
Taxidermistas são afeitos a cidades históricas.
Ao ouvir isso, uma criança pensa:
se enterrássemos cidades mortas, sobraria mais espaço
para quem quisesse nascer.
Uma árvore
ou uma baleia, caso chovesse.
Mas o adulto diz-lhe que cidades e pessoas
não são a mesma coisa,
que a memória não perece em estado de tijolo,
que é preciso respeito por tudo que se ergue no tempo.
E baleias não gostam de água doce.
É preciso ter os pés na metáfora.
A criança sorri, com sede.
Não de água, mas de vingança contra as cidades.
Essa criança, nesse momento, tem mais chance de crescer
baleia do que arquiteto
ou engenheiro.
Por isso, seus pais acabam de lhe dar uma tarde de castigo,
a seco.
Talvez a cidade esteja gestando ali um pequeno tirano,
com mais sede de vingança.
Um natimorto empalhado.
Ou o primeiro híbrido entre homem e baleia.

Fabrício Marques

Nós, o desocidentado

Saiamos
de aldeia
em aldeia
à procura do desocidentado.

Vocês que nos seguem
peçamos que fiquem conosco.

Alguns ficavam. Alguns ficaram.

A expedição se reinventa a cada passada.
Desviemo-nos dos silvos das balas
Evitemos o zunir de flechas

Sigamos o doce chamado que parte
da floresta, misturando os tempos.

Seguíamos seguiremos em direção
à República Musa paradisíaca.

O sol que nasce ensina
O sol que se põe ensina

O corpo da escrita e o corpo da terra
conversam entre si, nos incluem
e se multiplicam

Soubéssemos saberemos
talvez tateando
reconhecê-lo
quando o encontrarmos

E dentro de seus olhos
os mais limpos olhos os mais escuros
(tanta coisa se passa no escuro)
veremos a mesma estrela esfaimada
que viaja nos nossos
e por vezes nos aturde.

Esgotados

Meus livros estão esgotados.

Meus tios e tias, meus primos e avós estão esgotados.
Meu melhor amigo está esgotado.
Meu cachorro está esgotado.
Eu mesmo estou esgotado.
Sentado no sofá,
com as quatro patas de fora
e estrias à mostra
o amor está definitivamente esgotado.

Decido então pegar meus livros,
meu cachorro, minha família,
o amor e meu melhor amigo
e partir para o Mundo Novo.
Chegamos em festa
e sugerem um show mais à noite.
Pegamos a Via Expressa
e topamos com dezenas de fãs
do lado de fora no portão principal.
Todos esperam, presumo, com ingressos esgotados.
Na volta, placas e setas indicam que devemos nos apressar
pois as mesas estão fartas
e os caminhos definitivamente esgotados.

A máquina de existir

Se você chegou até aqui
e quer continuar
às próprias custas,
cuidado: contém *spoilers*

a luz vai apagar
vai doer
vai arder

nas retas,
vai amar as curvas

nas curvas,
desejar as retas

vai ter seu dia
no deserto
no vale de ossos

Vai sentir
o calor do pai e
o calor da mãe

mesmo quando não há
calor de pai
e calor de mãe

vai pensar
que tudo é só ilusão

mas em algum momento
no começo,
meio
ou fim

a luz vai brilhar
como um vagalume
que só acende

e iluminar

a família
os amigos
nós dois
os meus e os seus desconhecidos

soltos no mundo

brincando nos campos do Real

Mais-valia

Esses homens de pé,
ao longo de geleiras indestrutíveis,
repetem sem cessar suas certezas
também indestrutíveis.

O carro vale mais que a sinfonia
A faca vale mais que a poesia
As ações na bolsa valem mais que as nuvens
O míssil vale mais que o cacho de uva.

E se o compositor diz que
a coisa mais certa de todas as coisas
não vale um caminho sob o sol,
eles não têm a menor ideia
do que o compositor está falando.

E seguem solenes, solenes sob a luz severa,
escolhendo o carro, a faca, a bolsa e o míssil.

Mas eu escolho ser a chuva
que lentamente dissolve,
fibra por fibra,
as geleiras seculares.

Totem para o Homo Zapping

Acordo João, vou à feira João, passeio João
mas João até certo ponto:
é só sair para o olho da rua e já me chamo Násser.
Conto histórias, manobro vocábulos
e logo me chamam Heródoto.
Sou Heródoto até me cansar.
Das oito às nove sou Mwaka
e na hora seguinte dou expediente como Zanchi.
Saio à esquerda à caça de frutas -de preferência vermelhas.
Descanso no parque como Chang,
sou Chang de sobreaviso.
Entro no trabalho e meus colegas me cumprimentam:
"Olá, Górki, tchau Górki".
Na hora do café a atendente me reconhece como Xerxes.
O mercado se inquieta, a Bolsa oscila ao saberem que sou Zeki.
Às seis da tarde, horário de Brasília, me despeço como Ximenes.
Estranho os homens que atravessam a existência carregando
um só nome
Frequento os bares contando façanhas, agora me chamo Baltazar.
O Corvette sibila no asfalto.
Luzes grátis e alegres piscam à distância,
luzes alegres e grátis acenam para mim (me chamo Raoni).

De Raoni a Quiroga é só um pulo
E num looping rodopio no baile
Mais um pouco sou Gale,
O que toca acordeom e se basta.
Em casa me recebem como Histeu,
amanhã é domingo e é floração de incertezas.
Lagartos lá fora recolhem as hesitações.
Debaixo desse teto também me conhecem como Jimmy,
mas podem me chamar de Abraão.
Até que o sonho comece e eu passe a me chamar Hades.

Não percam a conta:
Sou João Násser Heródoto Mwaka Zanchi Chang Górki
Xerxes Zeki Ximenes Baltazar
/Raoni Quiroga Gale Histeu Jimmy Abraão Hades
Sou uns
Sou uns e outros a seu dispor

Alimento boto lenha
na conversa bonita
em torno do fogo da vida
Reparo as chamas
que partem sem rumo
e me chamam pelo nome

Flausina Márcia

Ai Jesus

Arrepia-se
de vento
o lago
marulha
esfria

Doura-se
de sol
a relva
goteja
evapora

Embebe-se
de chuva
a terra
suga
deságua

Descama
esfarela
a pele
ao tempo
trinca-se

Bambeia
amolece
a carne
ao credo
condói-se

Falha
ilude
a memória
ao degredo
revolta-se

Êxtase

Juntar letras
formar palavras
meu primeiro êxtase

Aqueles
as es is os us
aqueles bes e
aqueles bas
eram todos vivos

Suas combinações
eram lógicas
cada palavra
uma verdade
revelada

A cartilha
livro dos mistérios
iniciação minha
sempre a frente
uma lição

Júbilo de ir só
poder de adivinhar

Cores

Azuis me olham
 e eu verde
olho azuis

Verde
imatura
verde
nova
verde
fora de época

Épica

Uau Street

Se nós, os 99%
não entramos de sola
ficamos sem sapatos

Se nós, os 99%
não trocamos os pisos
ficamos sem teto

Se nós, os 99%
não discutimos
nos amarram

sete vezes, à falta
de pensamento próprio.

A um anúncio de rádio com respostas estereotipadas sobre o que nos faz querer viver

Fazer saladas à beira-mar
Ter uma casa na árvore
Achar gostoso respirar.

Ainda que entre um morcego
No quarto da gente, repentina
mente, inusitadamente cego.

TODAVIA

Se escolhemos, como os pais,
Fazer casa em beirada de rio,
Ver boca de jacaré até a alma,
Que vê guerreiros na lua, oh!

Não haverá como não sermos
Panflenetários, porque cheios
De polegares e aplicativos,
Ouvidos moucos e selfs.

Tenho nada contra pessoa
alguma, peço a todas e a
cada uma, esquecimento.

QUERO NASCER DE NOVO.

Flávio Boave

Estar vivo

para Waly Salomão e Hilda Hilst

Na lona mirando La Luna
Ser Enviesado tem me custado
Correntes de vento
Diatribes de pensamentos
Razão Ardente de Apollinaire
Me foge a calma me foge
Só sei ser desabrido em corpo e dentes
Pura Chama mordo o Êxtase por inteiro
        O Êxtase por inteiro
        O Êxtase
Adrenalina compulsório-compulsiva
Irreverência fulminante
Flor sanguínea do pântano Eterno Instante
Sapo pulando coaxando pulando faminto
De brejo em brejo tal qual seu instinto
Coaxando hinos à noite coaxando
Mil frêmitos mil gozos
Mil e uma outras noites pulsando gozosas
Na lona mirando La Luna
            Mirando La Luna
            Mirando
Un poco más pero mucho más incierta
Que este pecho abierto
Alegre y nómada corazón de poeta

Portal

Abre-alas
que meu fôlego quer desfilar
passear passista de sombra
em plena Afonso Pena
com Tamoios
no coração índio da cidade
cara a cara com o Acaiaca
a sombra larga de um lince
quatro horas da manhã
este quarto aberto:
portal

Sísifo sonhando

Quanta fidalguia
a da pedra que rola
morro abaixo

Trágica,
ama o seu ofício

E em tudo vibra

Huracán

Huracán, aquí estoy
en este tiempo sin honor
ni delicadeza

Huracán, aquí estoy
ni distraído ni vigilante
porque mis palabras
no tienen cielos absolutos

Huracán, aquí estoy
en mi condición mortal
puesto que la naturaleza no me ha dicho
nada de manera explícita

Mi vida es discordia latente
habla ritmos extraños
arrojando cenizas
pero un poema
es inmortal e irreducible

Minha cara

Mesmo quando se depara
com as cenas mais avaras
minha cara assustada
não cansa de dar risadas
– é a maneira que ela tem
de fustigar as rugas encalacradas –
sim: é delas que provêm
o meu carnaval de máscaras
baile de gozos
& desfiles de alas
nos quais subverto desculpas esfarrapadas

Majestática é a minha cara:
ela transforma fel em mel
e de si mesma gargalha

Francesco Napoli

quem são os outros?

os outros nos mordem
como cães e cáries e correntes
nos pés e pescoços e patas e dentes

quem são os outros?

e seus caninos diminutos
seus rabos-apêndices
ante os destroços de um sofá
no meio da rua
ante o olhar de um vigia
antes dos quatro pés descerem das árvores
os nossos ancestrais no dedão do pé

sim os cínicos são cães
e os cães são leais
os rabos sorriem
e os lábios bocejam
somos nós os desejantes
antes que passe o desejo

Plástico

Para Djami Sezostre

Plutão é de plástico
Platão é de plástico
a razão é de plástico
o amor é de plástico
o tempo é elástico
ti co
te conto segredos
te coloco medos
ti co
te colo no enredo
escapa entre os dedos
um assunto fantástico
um engano ledo
um brinquedo de plástico
ti co

***

só tem um jeito:
inventar um jeito.

só tem outro jeito:
inventar outro jeito

aí teremos dois jeitos
os jeitos se beijam
e tudo se ajeita

***

Outono

digo outro

ou outono

nem inverno nem verão

nem frio nem calor

nem senti

sua ausência

ou sim chorei bem

outra vez

mas foi fácil

ou passou despercebido

outro ato distraído

tudo por um triz

outra vez

nem calor nem frio

tudo limbo

ou outono

outra vez

problema
problema
problema
problema
po ema

Gean Simões

Não-ser

A arte tenta tocar, invadir, ousa...
O verme-réptil-rastejante está pesado...
entre lama, areias e lodaçais...
confunde os predadores ou não é mais presa.

Preso a critérios...
seu ventre vazio vaga horizontes perpendiculares,
e se aferra à terra...quase Ser...
e a certeza do Nada que lhe invade!

O inconsciente, a arte ousa...
tocar rememoráveis arquivos já deletados!
Perdeu o seu passado e a morte te repudia...
sua aderência à terra....o ocidente perdido!

Não cheira mal, lameja e flutua no seu ventre de serpente,
de várias epidermes e sem instintos...
tudo lhe refugia...

Agora imóvel, vê no espelho da lama o que era dia,
mergulhar na escuridão...
imagina astros opostos que lhe oferecem luz refratada,
mas sua imagem o refrata!

Só lhe resta o último pensamento...
Esquece a morte e – levita –

Manaus – AM, 06 de maio de 2005

Lotomaníacos

Há sede nos meus caninos...
sangue novo, não!
Carne de corvo...
quem sabe?
Meus dentes estão caindo e
os metais vão me possuindo...
nessa rede descalcificada dos hospedeiros de omoplata...
ninguém pode se saciar de instintos!
Se um dia repousei nas suas asas,
provei do veneno e o antídoto...
os labiríntos esgotos da libido contornando meus ossos em pilha,
como a dor é certeza de vida:
desperta, dispersa e nos evita...

Tebas – MG, 20 de janeiro de 2006

Nesses tempos de alquimia

Ouço vozes...
nunca falei para o velho sábio

fantasmas caminham ao meu lado...

Fazendo um silêncio absoluto
sabendo do luto que guardo.

Ordenhando nas tetas da insanidade:
faço safari no deserto do lado oposto da mira

Sem que eu perceba
o vento faz a curva do meu dedo no gatilho.

É quando o velho pula da lâmpada
e colhe a miséria comigo.

Belo Horizonte – MG, 2016

Através

Por onde passei não ficaram marcas.
Não semeei palavras.
Andava pelos campos e calçadas.
As pegadas a água ou o vento cuidava.

Desconecta forma de viver.

Tudo era muito pré ou primário.
Os conceitos, a vida rústica...
nem tanto místico e nada religioso,
os Deuses não me adotaram.

Viajava, nas ruas, nas ideias...
o que se concretizava nunca se consolidou.
Nenhuma síntese, textual ou vivenciada,
que me permitisse mergulhar no sonho acordado.

Fascinante era ser humananimalmente, homem.

Belo Horizonte – MG, 1999

As palavras

Inserindo um ritmo inusitado na boca
que valsa e depois samba - o canto inconfesso –
das mesmas pegadas que ouço pelas estradas, ruas e
avenidas
que engolem os meus passos...

Bifurcando-se no mesmo instante...

As pessoas se vendem...
antecipando seus lábios do meu nome
seus corpus não cabem no meu bolso

– Engulo apenas um sussurro – o sabor da camisinha sem
gosto...

As letras pulsam desertas...
entrando e saindo no sistema
fazendo sexo digital no poema...

Juiz de Fora – MG, novembro de 2009

Gilberto de Abreu

Só quero ver
siuma faca de papel y tinta
lhi fazz algum
strago amygo.

Cuidado
Óóóuu mi amygo, meus
impulsos mi deram umalâmina
dimetalgravura

E o velhocyclo no seu velocípede
Teimava em queimar orelhas
na batalha
DELA

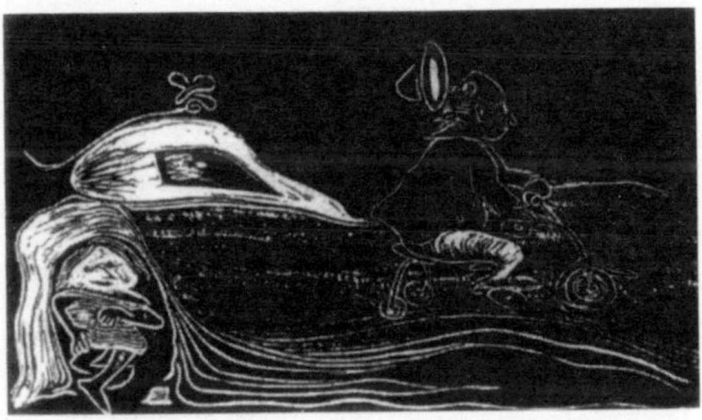

Pois o metal do aço
cortou mais e mais burracha
como canoa
navegou na goma sintética
e um dia teve certeza
ELATINHADISTARALÍ

Canalha! Não escaparás!
Você si pegará a cada
arfar do teu destino!
Dos teus nervos tirei a linha di costurar
ignorÂNSIA!

I o velho no seu deducyclo
Translúcido sorver-te
a pastorear, quem sabe uma
LUA
Ora, e por que não:
UMASESTRELAS

- Quê isso? Quis saber logo
A máimpressão no meio daquele
destino ou quando não si
sabe porque os teus lábios
tem o som do jalêlê
Yé quando os teus olhos
Tem a fagulha
DIESTAREMIM

gente

gente não é rebanho
gente é nuvem solta na noite
se fazendo, desfazendo e refazendo
ali mais na frente

gente não é massa
gente não é povo
gente não é gado

a massa faz o pão
o povo faz a política
o gado faz a religião

e gente faz gente
que faz gente que faz gente que faz gente

que é como nuvem solta na noite
se fazendo desfazendo e refazendo
ali mais na frente

Inês Campos

Despejo

então reuni minhas quinquilharias:
– 5 ameaças
– 30 folhas de esperas
– 2 pés descalços
– 1 dente de leite
– 3 medos guardados em gavetas
apropriadas
– 2 saudades vermelhas
– alguma frase
cortada

(onde guardar tanto grito?)

minhas borboletas: soltei
meu jardim: deixei para o próximo inquilino

Trás-os-montes

apesar disso
o sol se esparramou
atrás dos montes

em algum momento
comovida pela urgência
sacudi minhas penas
e ameacei
um voo

esqueci: ninguém voa assim
impunemente

então guardei minhas asas
fechei as janelas
e liguei a TV

Sicília

são as palavras
aquelas guardadas
ou as outras
ditas aos solavancos
fugidias

são os silêncios
que permanecem
templos antigos
mal restaurados

é a grama
que cresce
ao redor
em cima
dentro

Exílios

você a procurar seu pai
o nome do seu pai
o seu nome
eu contigo para o movimento

você perdeu os sapatos
eu amei um cigano
te alcancei no fim
com os pés descalços

a lápide do seu pai
nada dizia sobre você
enquanto estrangeiros os olhos
reviravam minhas costuras

o pulso do derbak
e meus joelhos dobrados
na roda sem centro
com o nome cravado
na planta dos pés

Corcovas

fiquei no trem que não passou
no verbo que escapou pela pele

o céu reduziu os espaços e arreganhei
os dentes atrás da burca

engoli a chave que carregava no pescoço
nenhum pensamento depois do seu sopro

montei o bicho no silêncio das corcovas
a maldição do muro saltado

onde foi que não mastigamos o sal?
em que língua choravam seu nome empedrado?

José Américo Miranda

Leitura silenciosa

Já li seu corpo
com os olhos.

Agora quero lê-lo
em braille.

Cidade exata

Estava lá o arcanjo
incendiado
noite em prata
casa iluminada.

Estava lá o rosto
amado
                fruto
maduro raio de sol
orvalho
                mel
água da fonte.

Tapete de lembranças

minha mãe
à máquina de costura
cantarolava

a cerejeira não é rosa mais

minha recordação a mais antiga

***

todas as perdas
do mundo

a morte de meu pai
estendida
pela vida inteira

Lira chinesa

O poeta a rir
A uma mulher
O imperador
O leque
A folha do salgueiro
As flores e os pinheiros
Reflexos
Coração triste falando ao sol

[Encontrado em Machado de Assis.]

Diálogo dos amantes

O que diz ao arvoredo
o vento.

O que dizem aos prados
as águas correntes.

O que diz o rouxinol
– amante absoluto.

[Encontrado em Eça de Queirós.]

Jovino Machado

A dama das trevas!!!

sabe dançar a falsa valsa
seu voo é um presságio sombrio
no impulso lúdico caiu da torre
e perdeu a terceira perna
pode andar sem ela com muletas
mas vai sentir muito a sua falta
fala baixinho como uma fada
mas fere fundo como uma bruxa
sua saliva é venenosa e cruel
anda com passo de gazela
para não despertar os cães
deu um salto trapezista
quando o cupido se abaixou
para apanhar a flecha
sabe fingir em alemão
ou sabe-se lá qual idioma
demônio medieval
disfarçada de anjo barroco
pode ser vista ao lado de satã
na divina comédia de dante

ou rezando uma ave-maria
aos pés de nossa senhora do desterro
no altar da igreja do pilar
numa estranha alquimia
entre o sagrado e o profano
vai passar a eternidade
no nono círculo do inferno
ao lado de caim e judas
virgilio vai lhe virar a cara
sua beleza é uma cadela
que me envia em seus latidos
um ganido de socorro
que a vingança transformou
em cantiga de maldizer

Lúcifer no cio

seu próximo passo
é retocar o batom
e assassinar
o amor que não existe

seu próximo passo
é pintar as unhas
e furar os olhos
da menina triste
que quer ser madonna

seu próximo passo
é usar os novos brincos
e derrubar do viaduto
o menino pobre
que quer ser guevara

seu próximo passo
é escolher a minissaia
e comprar a alma
do último trovador

Satanás de saia

satanás de saia
não quis ser viúva
morreu na praia

seu fogo era frio
sua forca era fraca
seu punhal era podre

se enforcou no ego
se queimou na vaidade
se matou na maldade

não quis envelhecer
antes de apodrecer
belo pasto para os vermes

a cruz é espelho
doentias são as flores
contaminadas pelo abismo

a vida não presta
quando eu adoro
e você detesta

a vida é uma bosta
quando eu amo
e você não gosta

a vida é vazia
eu vício
você vadia

a vida é neblina
eu enlouqueço
você sublima

a vida é enfadonha
você fuma maconha
eu como pamonha

a vida é careta
você pula do acaiaca
eu bebo no maletta

a vida não presta
quando eu subo bahia
e você desce floresta

a vida é inimiga
quando eu te odeio
e você nem liga

Strip-tease

tire as sapatilhas
minha alma
é abismo aberto
peito pulsando
não pode se poupar do belo
sem o calcanhar aquiles seria impossível

tire os empecilhos
seus seios acesos
são os únicos faróis
como força e poder
para iluminar
as sombras do tédio

tire os penduricalhos
não alimente
as andorinhas do seu telhado
não corte as asas
das gaivotas do seu penhasco

tire todas as amarras
liberte ulisses da caravela
a sereia espera por você
poesia só ganha o mar
ignorando a calma do cais

tire o batom
com um beijo quente
na hora do brinde
levante a taça
com a mão esquerda
a do coração

tire a poeira
de sua biblioteca
eu sei que você tem mais livros
do que sapatos
o discurso da ação
é falado com o corpo

tire os óculos
o amor precisa
da cegueira dos teus olhos
e da lucidez de sua inteligência
o navio só naufraga navegando
o leão ruge no coliseu

Júlio de Abreu

Antes do sono

só
à sombra de deus
no vazio ainda e
um nada enorme

só
à sombra do nome de
deus – imóvel
sobre tudo o que inexiste

na noite mais funda
cercado de imaginação
se projeta um silêncio
espantoso
que encobre o barulho da rua

A tempo

no fundo do armário
recolhida

a vida
fotos, cartas, cartões

postais, as lembranças
recortadas, talvez

expliquem
a atmosfera da casa

o silêncio
de amargar

o ânimo
com que suporta

o vigor
da fadiga

sob o mesmo teto
sob outro céu

Quase

como dizer?

o detalhe te dilacera
uma obsessão de

como dizer

de uma volta sem fim
que aflige onde

quase se dissipa
onde a vitalidade

poderia extrair
impassível

o detalhe de
quase uma

epifania

Estátua

tudo
permanece
sem reação

o que poderia
surpreender
perdeu o assombro

o ar
as ondas
e as pausas

os carros
os aviões no céu
pararam

um só apetite
diante da vontade
que também parou

até que o dono do mundo
no sexto dia
estale os dedos

se

tudo está imóvel
o coração também
espera

ou para

Um p.s.

para Saul

uma pressão
no ouvido
como se
tivesse dentro
água

um vazio
de sentido
como se eu
tivesse dentro
nada

sem som
sem sombra
sem sobra

às dobras
da memória
somente

Kaio Carmona

Esse tráfego doméstico

De silêncio em silêncio
— em pequenos sustos —
vai se construindo nosso amor
diário.
Os cômodos da casa ainda são grandes,
como eram grandes os cômodos das casas
antigamente.
E mesmo assim nos esbarramos
de cômodo em cômodo,
esse tráfego doméstico.
Passa por mim sem me olhar e deixa sua mão
aleatoriamente
em algum lugar de meu corpo,
propositadamente.
Sei mais de você por esses encontrões e silêncios
que o seu sorriso, talhado na lida
do mundo das relações.
Seu sorriso:
Pequenos silêncios, pequenos encontros.
E o amor se erguendo no ar.
E o amor se entornando no chão.

Palavra

para Ana Martins Marques

Não
Este poema não é
um poema de amor
e por isso não deve conter a palavra amor
muito menos desamor
que é fome de amor
nem pode ser vermelho
ou aceso como o cigarro
abjeto
que de fôlego em fôlego
se queima, como o amor.
De modo algum também é dor
que é rima pobre e resto
de amor.
Este poema não tem janelas
de vistas por dentro
para fazer voar
o amor.
Nem mesmo se tranca
em casa ou se esconde em cobertas
brasas como o cigarro algumas linhas acima.

Nem tem abismos,
a morada do amor.
Em hipótese alguma o poema
trata do amor
que pensar o amor já é desamor.
Definitivamente o poema não fala de amor

E gritaram: "Loucos! – detrás do muro –,
enquanto o mundo se acaba em desastres,
o homem se revela pérfido, em trastes,
e o que resta é apenas um sussurro

dos que enxergam somente o escuro
diante da verdade que se debate,
agoniza e, ainda que não baste,
rangem os dentes – parvos! –, num só urro;

Vocês insistem, tolos petulantes,
nesse ato vazio e sem valor?"
Gritaram, gritaram longos instantes,

até perderem, sábios, o pudor,
e saltarem o muro, relutantes,
diante de um casal, perdido de amor.

A lua lá do alto envia mensagens indecorosas aos namorados.
O vento sussurra segredos quentes,
enquanto a noite pede silêncio em gemidos surdos.
E o que me resta é a memória
aprisionada em livros, tratados, teses, ensaios
sobre o amor.
O que me resta é a saudade
e é com ela que me abraço
nesse precipício de hoje.
Ainda tenho em meus dedos a curva de sua cintura,
a textura de sua saia.
Ainda vejo você, parada, aflita,
com o meu coração nas mãos,

sem saber o que fazer.

Do anúncio

É que setembro chegou
e contra todos os cálculos, previsões e intuições
seguimos juntos.
E sem que esperássemos
você gosta do carnaval
e eu da chuva.
Vamos juntos ao cinema
e você ainda se demora nos letreiros.
A luz lá fora é artificial e nas palavras da tela ainda há fios
de sonho.
Mas setembro chegou
e seguimos juntos.
Ninguém viu,
nem teu pai, nem teu filho,
eu
ou você.
Ninguém viu aquele brilho de manhã ainda seco
que anunciava - peremptório :
é que setembro chegou.
E seguimos juntos.

Perdemos muito,
no trabalho, na ausência.
Perdemos alguns parentes e, tristemente, outros amigos.
Mas, veja, seguimos juntos.
É que setembro chegou.
E em algum lugar alguém poderá dizer
: setembro chegou.
Poderá ser médico, sapateiro, florista ou avô,
mas pensará também: seguimos juntos.
E, pois, daqui a pouco, o telefone irá tocar,
a hora do trabalho, com o preço do mundo, cobrando a nossa pressa,
e teremos de fazer compras, pagar o estacionamento,
ir ao dentista, levar o filho para algum lugar.
E, pois, daqui a pouco, o noticiário da tevê
anunciará um desastre, um escândalo, o gol do ano.
Mas, veja, não me importam as feridas em suas mãos,
os sonhos que alimenta.
Não me importa o que pensa da educação
ou o tamanho de sua culpa.
Não me importa deus ou o diabo,
nem as impressões metafísicas do dia.
Veja apenas, repare bem, aquela luz
adentrando a sala, quase no corredor.
É o que importa:
Setembro chegou
e seguimos juntos.

Kiko Ferreira

Onomatopeia

te lendo falar assim, tão ruidosa no empenho da caneta,
me incomodam as onomatopeias sem freio,
o papel no meio do barulho, o arrulho de sílabas sibilantes, o sigilo do
silêncio do quarto cortado pelo fio da ponta da esfera gráfica
afiada. já não ouço mais nada do ambiente. a paisagem
tragada pelo papel. a cor céu de papel de maçã galopeia por
minha memória. lápis de cor como rashi entre sushies de
brutos do mar, peixes brancos entre shoyos e wasabis
wanabees. soy loco por ti, colérica. na passagem das
páginas, duplas asas de colibri, o vôo flácido das falácias. a
fala fácil das animações. no caminho do meio, o abandono
plurisolitário do e-mail. entre spams e firewires, espasmos e
soluços de plasma. o pincel vermelho sangue tentando
ilustrar o mangue. seus peitos entre meus lençóis.
e minha solidão a sós nas entrelinhas.

Refrão

pode ir pra casa
aprender
se você não sabe

que o amor
é assim

que o amor
é assim

sem saber

Fio

sábio

o que define em sílabas

e pontos finais

as paisagens.

símio

o que tenta arrancar verdades

em forma de pedras

lapidadas.

sólido

o que enfrenta de pena em punho

desalinhos

e

arroubos.

simples

o que inventa com o vento

alegrias

e

estratégias.

cínico

o que recria táticas

como regras

e

mandamentos.

sôfrego

o que passa a limpo

sem rever

cores

e

entrelinhas.

120 bpms em beat de câmera lenta.

alento e profilaxia como desculpa do desacerto. paixão sem ferida ou desassossego.

a história, falsa premissa pressa sem pressa na reza da missa presentes etéreos e-mails sem destinatário, garrafas virtuais sem rumo, nexo e sexo.

romantismo de barco a fotonovela sem bússola e músculo.

só se salva

o que merece

susto e pavio.

o resto

é a vida crua, fritando em fio sem capa e limite.

Cohen & Joplin no Chelsea Hotel

antes
        a canção

logo
        o conforto

                        bêbado

                        pass´o branco

                        sobre

                        o
                f   i   o
                                sem capa

                antevéspera
                          do choque

                refrão

ticket
de
viagem

lírios
do
country

entre

acordes

no

ninho

ser livre

de

desafinar o coro

errar

a rota rota e surrada

entre
arrotos
matinais

ruga ruga ruga
entre
rugas rugas rugas

rusgas de terna e tenra idades

casaco azul
entre
sensos
argumentos
de sonhos

entre
dívidas cruéis
com a
desumanidade

o
céu
pele de tambor

de anunciar
trovão antes do raio

maio
onde antes frio

hoje
vento sem senso de grave

chuva que cai
sem anúncio
função de grito
e
e s t á t i c a

se fui claro
começo de novo

cigano
de linhas em punho

predigo

já dorme
seu inimigo

só falta sonho
e
ilusão
de abrigo

quatro da manhã
pleno dezembro

feiura amainada
por verso e álcool

beijo
quase surto
susto

entre certos
sucessos

solidão de espelho
flamengo

entre ponto e ponto
entre nota e verso
entre dentes
entre mentes
entre tantos sucessos

soluço e solidão

solução de sedex 10

para ler
antes do almoço

entre moças de Ipods
entre os pulsos

cravados na orelha
antenas
entre
refrões

de incertas canções

que não ouço

m a i s

Transposição

recriava o velho chico.

peixes, água, barcos de papel.

um dia, do fundo do aquário, canto fino de sereia.

virou carranca.

sorriso para sempre.

Leo Gonçalves

Língua de Aruanda

minha avó que era filha da filha
minha avó que era avó da avó
tatibitateava quando menina
uma cantiga perdida
no fundo do cafundó
cantiga que eu mesmo
ainda canto de cor
sem saber o que significa
sem certeza se canto certo
sei é que quando canto
meu corpo vibra
meu sangue estua
e não há mau olhado que sobreviva
a essa cantiga antiga
que meus ancestrais gravaram no eco
da voz dos meus avós

Transatlântico

adiar o dia de sair do mar
se enturmar com o mar
sem querer domar o mar
ser do mar
fazer com que o mar
em ser espelho olhe-se
no acordo do céu
sem horizontes nem limites
aceitar que o mar
em sendo mar se torne léu
sereia e todo ser
que se molha que se olha
em cada pele cada prole
tornar-se ele pele com pele
formar brânquias
formar guelras
e barbatanas
para estar no mar
querer morar no mar
esquecer os dias de adiar
e se espraiar por lá
pacificamente

atravessar o mar
num barco a vela
num transatlântico
ou num vapor
seguir por onde for
seguir por onde o vento indicar
ouvir as conchas ler os búzios
e deixar-se levar
deixar-se levar no mar
morrer no mar dormir no mar
beber o mar viver o mar
infinitivo mar

Pirlimpimpim

mas na minha terra
eles sempre sumiam
sumiam porque tia
sumiam porque nastácia
sumiam no meio da serra
sumiam como quem erra
sumiam no sítio
sumiam na rocinha
sumiam no alemão
sumiam no estácio
sumiam no sertão
sumiam porque ninguém ligava
sumiam porque era fácil
sumiam porque na minha terra
sumiam porque tem palmeiras
sumiam por que não se sabia
sumiam com seu swing
sumiam de coração
sumiam por falta de espaço
sumiam porque ninguéns
em suma: sumiam

Dança de Angorô

pega na cacimba ô aiê
pega na cacimba euá

dança porque é preciso olerê
dança que espalha a cor olará

sibila para a cacimba
sibila bem rente no chão

sibila sibila sibila
bem rente no coração

dança sobre a cacimba ô aiê
dança sobre a cacimba euá

dança porque é preciso angorô
dança que espalha cor olará

Ofó para um peito cheio

se o peito dela está cheio
e lá dentro não sou eu
protege, mameto, protege

se o peito dela está cheio
e lá dentro sou só eu
protege, amada danda, protege

protege da zica
protege do dengo
protege do meu chamego
protege, minha mãe, protege

protege na gira
protege no tempo
protege de toda ziquizira
protege, minha mãe, protege

protege o peito dela
para que nunca fique cheio
de mim, dandalunda, de mim

mas enche o peito dela
mas enche o peito dela
de ngunzu, mameto, de ngunzu

enche o peito dela dos cheiros
das ervas que curam
dos ventos quentes de matamba
dos toques dos dedos dos tatetos
de ngunzu, minha deusa, de ngunzu

enche o peito dela dos óleos
que nos salvam dos líquidos
que nos bebem dos beijos
que nos daremos do mel
do mel, danda linda, do mel

Lúcia Afonso

Mendiga

Hoje, Beleza entrou pelos meus olhos,
por caminhos tortos e, vestindo a roupa de Miséria,
deu-se a ver subitamente à tarde da Praça Tiradentes,
onde mendigos fizeram de um canto a sua casa
e, de sua vida privada, a insônia pública,
usando apenas papelão e trapos
e restos de lenha e lua.

Talvez porque eu estivesse tão carente dela,
Beleza podia me aparecer
justamente onde Miséria punha corpos sujos,
pois, enquanto eu passava, uma mulher
mendiga sorriu, não para mim,
mas para o mendigo, o homem
que, no chão da praça, tinha o rosto iluminado.
Sobre a calçada, ela se deitou e eles se beijaram,
por vezes seguidas se beijaram.

Na cena pública, corpos negros se inclinavam,
compondo um ângulo de breu e de segredo.

E, como, às três da tarde, naquela zona da cidade,
não se comercia prostituição e sexo,
eu concluí que eles se alhearam de Babilônia em torno
e, centrados no que lhes era próprio e interior,
felizes podiam ser por um momento.

Beleza perturbava o semblante dos passantes,
jogando por terra conceitos de Miséria.

E eu, que no vazio do ar, não tinha a sua boca,
me senti a mais mendiga das mulheres.

Floração

Sob o céu do cerrado, encontro espelho.
Árvore árida, tronco torcido, incêndio interior.
Na estação das águas, surge o broto do nada.
Floração – Ação de flor.

Palavras apenas duas

Saudade poderia ser a primeira palavra
a levantar a sua face atônita.
Ali onde o ser marcou presença,
nem sombra resta.
Bêbada, memória se agarra às migalhas do vivido,
inventa rituais, ordena arranjos,
como se cada dia fosse um muro branco
onde a única palavra consentida é o seu nome.
A própria dor se torna um rito de passagem
para um tempo cada vez mais imaginário.
Exausta, memória insiste e faz acordos,
demarca, insana, o que (não) é real,
vomita, desmaia, acorda e demanda novamente.
Sôfrega, procura mais,
mais sinais, mais retratos, mais ícones, mais restos,
em uma infinita arqueologia.
Tudo invade, recusa e nega
aquilo que de novo se anuncia.
Desesperada, memória apaga o amanhã.
Deixa-se levar pelo delírio
E re-veste o mundo do mundo que ela perde.
Seu riso ressoa no deserto e faz miragem.
Deserto – poderia ser outra palavra
que rima, em sua entranha, com Saudade.

Bonsai

Enfaixei meu desejo como os pés das chinesas antigas.
Desde pequenino, envolto nas tiras apertadas do mistério.
De madrugada, eu ouvia os ossos trincando,
sentia o dorso do desejo se arquear, buscando ser no espaço mínimo.
Ao tentar andar, tropeçava. Correr? Nem pensar.
Desejava asas com seus delicados pés curvos,
miniaturas de pássaros,
pequenas estruturas circulares.
Como uma árvore bonsai, que desde cedo moldam,
contendo-lhe o caule, podando-lhe as raízes,
meu desejo está plantado em um vaso ornamental,
belo e exótico,
cheio de significados e insólitas metáforas,

como os pés das chinesas antigas...

Translúcidas 5

É preciso perdoar deus.
Pois, quando chamamos por ele
e não nos socorreu,
é porque era apenas um Infante,
que ainda olhava o mundo com olhos desfocados,
e não sabia distinguir a nossa dor.
É preciso tomar essa criança ao colo
e lhe ensinar a língua humana,
para que ela possa reconhecer-se
em sua criatura
e, um dia, em uma remota eternidade, talvez,
possa nos entender, enfim.

É preciso perdoar deus,
o Ancião alquebrado,
sustentando no universo, solitário,
a visão paradoxal de um paraíso
no qual ninguém mais crê!
Exausto e descrente da utopia
que não chega nunca, para que possa descansar,
eis que nos abandona à própria sorte.

É preciso cuidar dele e lhe contar histórias,
e lhe renovar as esperanças,
para que possa rejuvenescer todo universo,
e reinventar os paraísos e as lendas
que nos acalantam dúvidas e sonhos.

É preciso perdoar deus,
o Inominável Louco que,
em um erro de juventude, criou um universo torto,
que tenta interminavelmente consertar,
pois suas criaturas, submetidas
a um ciclo infernal de mútua devoração,
imploram enlouquecidas seu perdão.
É preciso uma escuta paciente,
que não decifre, mas perdoe sua insana razão,
e lhe permita sair de seu delírio,
e retomar o diálogo com os seres,
e o reconduza aos caminhos humanos,
e lhe permita encontrar espelho em nossa face,
satisfazendo o que foi o seu primeiro e último desejo,
e lhe abra os portais da salvação.

É preciso perdoar deus
e, na dinâmica mútua do perdão,
aprender a reciprocidade dessa história,
e refazer – desde dentro – a criação.

Luciana Tonelli

Estamira

lá onde foge a paisagem
lá onde reina a ruína
lá onde a terra se rende
a encenar Hiroshima

lá, o destino de tudo
que não cabe na latrina
lá onde o lixo e o cadáver
encontram a mesma sina

lá está ela, Estamira
a receber os resíduos
a descobrir maravilhas
a desafiar o inimigo

nas mãos o tremor marca o passo
do descompasso do mundo

os olhos, tela de tragédias
mantêm lucidez no absurdo

na língua de fogo a palavra
forja seu corte profundo

lá está ela, Estamira
combatendo na política
o canalha, o *trocadilo*
todos sob sua mira

lá está ela, Estamira
fazendo filosofia
não aceita deus falsário
nem receita de sofista

lá está ela, Estamira
e o retrato de família
não há remédio capaz
de aplacar sua ira

na cabeça o zum-zum o sintoma
que a levou engenho adentro

no tronco a marca o testemunho
de tantos vãos procedimentos

todo o corpo em caos em anarquia
é sistema que se autogerencia

sobre a cabeça de Estamira os aviões
à frente atrás por toda parte os caminhões
sob seus pés ferve o metal o gás o sal
da civilização do carnaval

em suas veias corre suficiente sangue
para fazer do urbano mangue arqueologia
descobre a lata reinaugura o alimento
ensina-nos da guerra a economia

da violência que reverbera em sua carne
sai o fermento da palavra que queima
seus olhos grandes na câmera de cinema
são roteiros roteiros filme que quer ser poema

e recita em poesia a sua ética
não gosto que ninguém ofende cores nem formatos

e em meio às fogueiras, afirma-se feiticeira
eu, Estamira, não vou ceder meu ser a nada

só quer cantar uma velha canção do Roberto
se você pretende saber quem eu sou

sem luar, sem mata, só sertões
entre dejetos seu desejo é trabalhar
em uma vida só perdas, nenhuma roça
viva a palhoça, viva a palhoça, ainda

e comanda o vento, e rege a tempestade
acorda a natureza derrotada
prossegue cuidando dos destroços
descuido de toda uma cidade

e fala com ondas gigantescas
eu, Estamira, não concordo com a vida
e se revela frente ao mar bravio
eu sou a beira, a beira do mundo

[Festival de Inverno de Diamantina, julho de 2007]

O Cordel de Genésia

A incrível história da mulher que virou pedra
na avenida Antônio Carlos

Estava ela no ponto
o ônibus que nunca vinha
como sempre ansiava
mansa pelo fim do dia
quando aconteceu o fato

Tão banal lá no jornal
mas para olhares atentos
foi coisa de profecia
de muitos ensinamentos

Não cabia na coluna
de morte, crime, acidente
nem de nada assim urgente
mas o fato é que Genésia
agora estava ausente

Genésia ali empedrada
na avenida Antônio Carlos
e nem assim conseguiu
chamar a atenção dos carros

Muito menos dos pedestres
habitantes da demora
do transporte sem fomento
todos ali indo embora
a um passo do empedramento

Genésia já toda rocha
fundida com o cimento
o ponto estava lotado
mas ninguém nem se tocou
pra tão estranho tormento

Foi de uma hora pra outra:
a família não entendeu
como foi que mãe Genésia
procedeu no sortilégio
de tão geológica sina

Foi um caso de mistério
Pois que Genésia era dona
de uma saúde de ferro
Aguentava o tranco heroica
anos sem conhecer férias

Cinco netos pra cuidar
todos muito bem cuidados
o filho um pouco alcoólotra
normal, vez em quando internado
a casa uma vez caiu
coisa à toa, ninguém dentro

Na cozinha era rainha
na vizinhança, querida
pois que arranjava saída
pras encrencas na surdina

Com a patroa não falhava
nem em caso de doença
era a empregada ideal
sem pronunciar sentença
descalabros que sabia
enterrava na sabença

Então, Genésia, por quê?
fazer tamanha desfeita?
não tinha o que precisava?
da vida sua colheita?

Genésia ali empedrada
no ponto do 1003
ninguém reparou, só mesmo
o batedor de carteiras
pois que a bolsa de Genésia
era também pedra inteira

Veio o pivete e deixou
na testa seu estratagema
veio o pombo e caprichou
fez também o seu emblema

Foi então que a estranha esfinge
recebeu deciframento
"Então é isso", conclui
o rapaz do estacionamento
"Vou chamar a autoridade
Genésia virou monumento"

Poemas de ausência

3

noites intermitentes
feridas abertas
ausências sempre presentes
presenças nunca completas
jamais a indiferença

5

a falta de lugar
ocupa todos os cantos
o não estar estando viva
é a causa do meu espanto

8

hoje
ainda mais que ontem
            que antes
            que sempre
sou a exata medida
da insuficiência

construção inacabada
quebras rasgos estragos

conversas interrompidas
cacos sobras abismos

promessas nunca cumpridas
tudo um ponto de partida

Do livro *Flagrantes do poço*, 1997

Brasil, caso clínico

Todo dia tem ofensa.
Todo dia tem afronta.
Todo dia tem chilique, violência, bad trip.

Todo dia algum sintoma
se intromete em entrevista
Todo dia algum fantasma
se apresenta em audiência
Todo dia um mau afeto
escorre no espaço público
Todo dia algum recalque
cai da boca de homens fracos
Todo dia tudo isso
embolado na Lei Magna
Como vômito, como pústula,
Vai manchando suas páginas
E tal como chuva ácida
Desmanchando nossos dias

Todo dia idade média
Todo dia terra plana
Dia sim, dia não, a fase anal do presidente

Vez em sempre um perverso disfarçado de ministro
Xinga a mãe de um eleitor
Calunia jornalista

Todo dia o governante avança sua vingança
Que tamanho desamparo produz um ser tão bizarro?

Todo dia o inconsciente lá dos tempos da colônia
Dá sinais de que está vivo, e quer matar muita gente

Todo dia o assassinato
De um projeto de país

Continente naufragado
Na história mal contada

Díptico para um retiro poético

enquanto nós
marinhos na marina da poesia
outros tantos
terrenos estivadores dos dias
enquanto nós
serenos em cápsulas de tempo
outros tantos
sardinhas no engarrafamento
enquanto nós
metafóricos na dor do mundo
outros tantos
numerais em planilhas imundas
enquanto nós
metafísicos no café da manhã
outros tantos
maltrapilhos na noite eterna
enquanto nós
degredados em ilha atemporal
outros tantos
náufragos do tempo capital

no
entanto
nós
tão outros
tão tantos
tão parvos
no espanto
atônitos
átomos
derivas
dos dias
nos
po
ros
do
ins
tan
te

Florianópolis, fevereiro de 2011

Luiz Edmundo Alves

Arritmia

eescrevi quando admirei e achei o futuro tão certo, tão
mais certo do que o presente, tão mais certo do que aquilo que
escrevi e vivi. escrevi no muro no namoro na moral namorada na
morada, naturalmente. escrevi muito, escrevi pouco, no poço ou na
possibilidade de ser livre de tempos em tempos. escrevi tanto tempo,
vivi tempestades de tempos em tempos. tempestades de tempos em
tempos transformando minha linguagem, transformando meu texto,
meu corpo, meu percurso. escrevi abandonado desprezado
desconectado. escrevi obrigado agradecido esquecido. escrevi no
mirante, no marasmo, miríades na maré baixa, na pedra e na
superfície da caixa. escrevi viva! vá! vá, se puder, quá-quá-quá.
venha, quando quiser, rsrs. eu escrevi livre e infeliz. colhi e selecionei
palavras, escrevi fácil e difícil, certo e errado. feliz escrevi. escrevi
quando tive outra alternativa, ou quando não tive qualquer
alternativa no amor na tragédia na multidão no rumo
no gesto no desamparo.
escrevi e nem senti que tanto doeu.

escrevi para escoar a água da vida, para escoar os dias aqui e lá fora.
escrevi sem fé sem fim sem medo sem devolução fiscal sem atenção
sem entrevista sem piada sem pai sem paz. amanhã escrevi, ontem
escreverei doente, escrevi a vida como eu vi descrevi como comi,
como eu senti como eu cri como eu li eu escrevi. foi! ah ê ê ê. ih!
escrevi nuvens de primavera, mera, quimera amarela.
escrevi a dor dos outros e a minha dor com ironias, com
desconfianças, com distância. escrevi indignado revoltado insultado.
E minha dor, escrita depois, sem doer, sem dó. escrevi com raiva e
arrepiado. escrevi pelas vias da imaginação, por imaginação fui
guiado ao vazio das horas. alguns dias escrevi na febre e outros na
temperatura normal do corpo. eu escrevi desocupado desgarrado e
destituído. escrevi por estratégia e por determinação por espaço e
por laços.
escrevi e só depois percebi o tanto que me repeti.

O míope

cadê meus óculos?
perdi meus óculos e,
com eles, a nitidez as coisas.
perdi a a nitidez do mundo, perdi o foco.
cedê meus óculos?
sem eles eu converso mal, distingo mal,
respiro mal, eu mal entendo o que está ali,
o que está lá. tá, tudo esta lá e ali, sim, tudo
embaçado, desfocado, impreciso. eu preciso
dos meus óculos, preciso, para precisar melhor
pra amar melhor, pra escrever, entender e distinguir
melhor. ajudem-me a encontrar meus óculos, estou
sofrendo sem meus óculos. preciso deles pra
compreender melhor, pra sentir melhor, pra sonhar
melhor, pra respirar melhor. vocês viram meus
óculos?
viram?

Identidade

um poeta se faz quando perde a fé. um poeta se faz quando perde a paz. ou quando perde o sentido e encontra a contradição. um poeta se faz quando perde a amada e encontra o luto ou quando perde o passo e encontra a dança. um poeta se faz quando perde o medo de perder, ou quando nunca pondera e deixa as asas crescerem para dentro.
um poeta se faz quando perde a fé, o sentido, o ponto, o passo a paz. um poeta se faz e se desfaz por um desejo de linguagem no limite da língua. no limite da língua o poeta encontra o poema e se faz. o poema é a identidade essencial do poeta.

Felicidade & dados

não sei o que canta a felicidade, se dança, se gosta de chuva, se gosta de praia, se já conjugou o verbo acabar, se teve cor preferida, se gosta de sol e do mar, se acredita na simplicidade de qualquer tecido de algodão, se ouve o canto dos pássaros, se ouve o grito dos angustiados que se suicidam (neste caso específico a felicidade conjuga o verbo acabar?) a felicidade é qualquer coisa? quais coisas são necessárias pra se ter felicidade? a felicidade tem que ter coisas? as coisas e suas categorias de coisas: coisa cara, coisa rara, coisa barata, coisa dada, coisa achada, coisa lida, coisa linda, coisa fina. por quais motivos a felicidade se dá? dar-se é felicidade? nunca soube o que dizer da felicidade quando eu a tinha e estranhava ter. quem estranha, tem? quem inveja a felicidade alheia estraga a felicidade? quais respostas é possível encontrar na felicidade? eu tive tantas respostas que agora começo a me interessar por certas perguntas sobre felicidade. perguntas subjetivas. perguntas polêmicas, perguntas com dois lados, perguntas com mais lados do que um dado. um dado interessante: 45% das pessoas preferem ser livres a serem felizes. outro dado: 55% das pessoas não se importam nem com liberdade nem com felicidade.

Sonho

eu tinha na mão uma flor que eu trouxe do paraíso. eu levava pra você a flor que eu trouxe do paraíso. você estava no alto, bem no tombadilho e eu embaixo, preso ao corrimão por uma algema. você voltou e estendeu-me a mão mas levou leonardo di caprio que gritava help e tinha olhos lindos. meus olhos lacrimejaram e eu me culpei por não saber gritar help. help help help. bruna me perguntou se eu sabia gritar. respondi: não sei gritar. alguém disse: *se você soubesse gritar abriria as algemas*. mas não sei gritar. alguém gritou: – *olha o relógio!* eu olhei mas não consegui ver as horas porque o relógio estava dobrado e um dos ponteiros era ocultado por um touro que tinha a cara do meu pai. gritei paaaaaaiii! paaaaaaaaiiiii! acordei: e vi você completamente loira comendo a flor que eu trouxe do paraíso.

Malluh Praxedes

Novena

Fica essa novena me atentando
E hoje eu não quero rezar

Embriaga-me Senhor com as palavras
Ensina-me a rasgar meus delírios
E a transformar o que em mim clama

Fica essa novena me atentando
E hoje meu desejo é pecar

Hóspede

Gosto de homem que me pega debaixo da mesa.
Que busca meu olhar com as penas e as mãos
Que me faz amor gostoso e me vai comendo tudo
Sorvendo a gosto e provocando cada pálamo

Meu delírio vai junto e eu me acabo assim.

Doce menino

Nos nossos belos instantes
eu te percorro primeiro
doce menino dos meus olhos

Nas noites frias ou quentes
eu te encontro caseiro
doce menino dos meus dias

Entre um abraço e um beijo
eu te descubro arteiro
doce menino dos meus sonhos

Doce menino...

Mea culpa

Quem me prendeu com estes grilhões
Que inutilmente sacudo com as forças do coração?

Quem me impediu a visão
De uma vida melhor que contorna minha alma?

Quem me segurou o corpo
Infiltrado de medo dos olhos inimigos vigiados?
(Quem, senão eu mesma
que entrego-me diariamente
ao fantasma que habita meu berço
em quintais que porventura vivi
    desfazendo a vontade
    desconhecendo a verdade
    desfigurando a realidade)

"Mea culpa, mea culpa, me máxima culpa"

À Ana C

Por que os poetas se matam tanto?
Se não se degolam
Com a dor que devora o peito
Se matam com palavras
Que ensaiam com papel e caneta

Seria este o destino dos deuses?

Maraíza Labanca

Plissado

pincel retido no gesto   que falta
ímã em potência

campo plissado

ou pintura destacada
do quadro   que   sustinha a parede

cai   era   (música) corpo de

imagem:

areia

homem-lume a vagar no meu seio

relva -
terceira pessoa   a escrita
– selva –

o mais belo estado   da poeira, era isto:

um universo   dois buracos negros

em uníssono

Berço

a mãe era um objeto estranho:
trazia um alfabeto sujo em sua língua
primeira
um perigo de doença no ar
que falta
era sua tarefa insana – esta sobra –
incabível e ineficaz, uma família,
reacendendo ininterruptamente sobre o corpo raquítico
que nascia
– não nascia –
seu alfabeto sujo

andava às pressas
com o preço que se paga
com o corpo,
– meu filho –

é com o corpo que se paga.

Poema

na ponta o hiato duro
faísca –

(soldava o medo
– um selo de virgens –
tornava a cindir.

o que fulge na véspera
é esta tinta escura).

adensamento que aparta o sentido.

o poema degrada,

modela – o amor –
modula um nome.

Rhythmus

A gente continua a falar do amor
ainda que eles todos passem por baixo
das pontes, desabados, por baixo dos
olhos, secos de lágrimas; eles passam sob
esse barco, mas são uma única água, como
um sangue que se renova, vivo, entre as veias
e as artérias adentro, e por dentro do ventre, casa,
que o expele mês a mês como para se livrar dele,
podre, feito o amor que passa por debaixo dos corpos,
doido, dos corpos feitos para o abate, como a morte
passa rente à pele, todos os dias, e ao largo
dela, mas a gente não sabe, ou desvia
os olhos, e continua a falar do amor.

Luminescência

É próprio da beleza que se bate
no lodo – porque logro
é palavra dupla – lufada de corpo –
sem mais a escala
do pavor – tão antiga –
apenas o lume ou a pequena
tocha
a espelhar a luz segundo
a temperatura de duas luas
para ver à distância e que
entra
pela lucarna antiga, e nós
como se estivéssemos rezando
somos os satélites da casa
a sua claridade umedecida
e aberta
definitiva
um corte na árvore
a curva na região
da sua cintura.

Marcelo Dolabela

```
     NÚ  ME      RO      EM
NÚ       ME              RO      ME
     RO                          ES
ME                       RO
MÚ       SI              CA
         DA                      FÍ
SI                       CA
DA       MA                      TE
         MÁ                      TI
                         CA
```

Poema semiótico – sem chave léxica (exercício de estilo #9) – P – alfanumérico

posição das sílabas, posição dos números primos de 01 a 100. título: P. pois é a única letra das palavras números primos que não está presente no poema. MATEMÁTICA, única palavra com cinco sílabas. 5 X 5 = 25. número de sílabas do poema. as três artes / ciências (MÚSICA / FÍSICA / MATEMÁTICA) têm, por base, os números. o poema faz um jogo-de-espelho com o poema "números", de augusto de campos; o soneto-número, de e. m. mello e castro; e o livro "numéricos", de wladimir dias-pino.

soneto anagramático para john cage

um sul til grão a réu só o por par

nós tu triz ti noz oi jus zoom com sem
três mil meu pão seu cão vão cais mor mar
trem cá se lá ser lei fé deus mau bem

ler breu céu luz sal vil véu dó dor dar
cal ai mês rã rei mu frei boi ao nem
bá sé ah ré xá sá pez pá flor ar
crer cãs são si nau cor cru tão qual quem

ou sol pai sob mãe id rol que lã só
dez de grau rim chá rum pus bar paz gim
grou nu tri fá fez já cós lar cã pó

não fã zen mal quão bis gol pé ás sim
tez tal vez ver ter mel fel eu clã mó
chão chã som em gás gis bom dom mas fim

—

musicado por Paulinho Brito

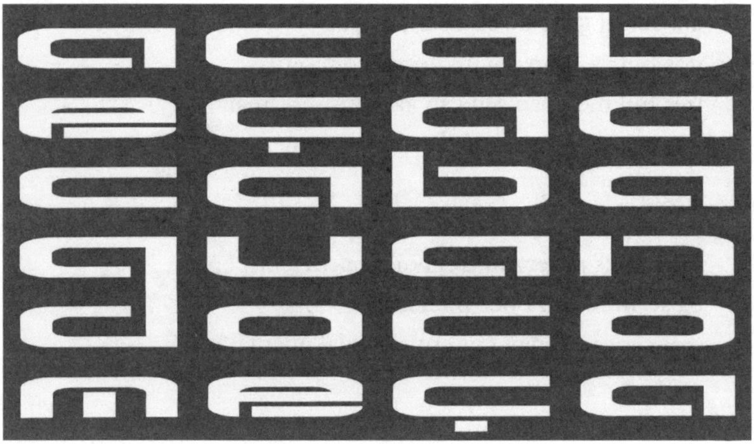

Por vesgas nesgas, se vê tristes melodias,
a memória é um músculo que nunca descansa,
traça trama no torpe pus das alegrias,
as dores são pesadas em tantas balanças.

Notívago, vago por minhas nostalgias,
o nervo exposto, algas amargam as lembranças,
desgosto feito pela urgência dos dias,
pela necessidade de ter esperança.

Surdos vivos noturnos têm frágeis fragrâncias,
a tristeza grita gris na melancolia,
e a febre é fria fibra na urna das ânsias.

Lento lamento escrito na luz das urgências
sorve a seiva, a selva do caos da consciência,
na cova do tempo: pó, lama e poesia.

Humanidade é amor

e nós ficaremos velhos
e todos cuspirão em nossas caras
e todos nos baterão
e todos roubarão nossas míseras aposentadorias
e todos nos deixarão sem comer

sujos
urinados
cagados
fedidos

com febre – nas trevas
com frio – no vazio
com falta de ar – do queimar ao sol
com espasmos – sob os sarcasmos
com escaras – sob as máscaras
com o pus – da pústula
com o azul – das moscas

nem piores   nem melhores

do que já vi
do que já vimos
do que já vivi
do que já vivemos

nem pior   nem melhor

ontem – ogro
hoje   – horda
amanhã   – ameaça

a humanidade sempre faz nossa partilha
em equânime e em invisível igualdade

Marcus Vinícius de Faria

todos os vícios e um mau poema
todos os vácuos e um bom poema
todos os silêncios e um problema

todas as reticências não valem um ponto final

eu
exceção à regra
conjugo o verbo
falir
na primeira pessoa
do singular
mas
não posso
conjugar o verbo
viver
(posto a raros tempos)
com a mesma pessoa.

sorriso no canto da boca, palmeiras atrás
branco dos pés à cabeça, seu sexo me atrai
enguia louca pelo mar afora, a praia apraz
leve sentir o vento no rosto, nuvens, rapaz
amo sua voz em pleno espanto, não minto mais.

que tudo pese como pluma
ainda que pese a pluma
neste dia
que se vai
e no outro
que ensaia
seu porvir de peso
e pluma

nem tão longe
nem tão perto
a passos
uma figura à mesa
emiliana
enebriando elegante
o bistrô na lexington
o cabelo, o rosto
oval, resvalando
porta afora
a descoberta
na tarde chuvosa

NYC, 2011

Maria Esther Maciel

Aula de desenho

Estou lá onde me invento e me faço:
De giz é meu traço. De aço, o papel.
Esboço uma face a régua e compasso:
É falsa. Desfaço o que fiz.
Retraço o retrato. Evoco o abstrato
Faço da sombra minha raiz.
Farta de mim, afasto-me
e constato: na arte ou na vida,
em carne, osso, lápis ou giz
onde estou não é sempre
e o que sou é por um triz.

Paisagem com frutas

Duas peras sobre a mesa
esperam a tua fome.
O dia é verde
e o vento tem cores provisórias.

Sobre o muro
um pássaro mudo
de olhar escuro
perscruta a tua sombra

Ele sabe
que ninguém sabe
em que azul
ocultas
teu absurdo.

Ofício

Escrever
a água
da palavra mar
o voo
da palavra ave
o rio
da palavra margem
o olho
da palavra imagem
o oco
da palavra nada.

Achados e perdidos

Lídia, quando menina, gostava de se sentar à beira do rio para ver os peixes esquivos. Dia após dia, neles via sempre a mesma vida, o mesmo desassossego, como se, para eles, repetir o movimento fosse uma espécie de estilo. Isso a surpreendia. Por que aos peixes não era dado o fastio? – perguntava-se em sigilo. Lídia, que ainda sente por eles um certo fascínio, hoje responderia dizendo que as coisas, por mais repetíveis, contêm, todas elas, um rio – subterrâneo ou de superfície. Ou seria um ritmo? Mas seja o que for, é isso que garante ao mesmo uma dose de imprevisto. Ou de viço. Aliás, toda a história de Lídia se resume de certa forma neste mínimo: por mais que ela busque a ordem dos peixes, algo a desvia.

Sobre um filme de Wong Kar-Way

O corpo e seus possíveis.
O dentro que na pele
vira flor.
Os cheiros, a memória
do que, de tão breve,
                    não fica
senão como sombra
                    líquida
quase cítrica
      desse amor.

Mário Alex Rosa

Avistar

Não se pode adiar mais o horizonte
se nele a vista já não basta para ver
o que sempre esteve diante de você:
montanhas montanhas montanhas.

Tê-las por perto no sonho diário
das nossas fantasias recolhidas
por medidas cautelosas não afasta
o perigo de nomeá-las montanhas.

Certas fixações se repetem para
retirá-las de seu lugar de origem
que um dia o fascinou por um amor
que não se amontanhou.

Falta

Já sei tão pouco de mim
e menos ainda quando
tudo está por um fio.

Já sei quando a falta
é tão alta como rezar
pro silêncio escutar.

Já sei a falta que me faz
é a guerra que há
dentro da paz.

Já sei que toda partida
não é o que se adia
mas o que se permite.

Poema (timeless)

O corpo franzino
não revela o que é mais fino:
uma palavra e tudo desatina
nesse corpo em desalinho.

E pouco basta
para que a noite seja pouca
e o dia um vulcão
nesse olho-cão.

Mas cuidado:
fora ou dentro
não é fácil,
é frágil.

Pudor

Não ter o pudor
de dizer que este poema
que nasceu de uma dor
pode ser de amor.

Não é nenhum pudor.

Se a sua muleta
é dizer do verso
de pé quebrado
e da alma sem asa,
ainda que não seja mérito
não mudar o universo,
pode ser um verso.

Não é nenhum pudor.

Mesmo assim a dor,
que não é nenhuma,
se for em vão, como a flor
e todos poemas de amor,
ainda haverá algum pudor
de dizer que este nasceu
de outra dor.

Não é nenhum pudor.

Armadura

Dor nenhuma
passa aqui

vai por ti
que não vou por mim

corpo chumbado
guarda as horas

um sol maior
uma só palavra menor

aqui sede deserta
de uma espera

sem nome cedo
dorme a dor

por ti que não passa
aqui

Mônica de Aquino

O hoje é um cão
com fome
que esconde o osso.

O hoje é a mão
que o cão lambe.

O hoje é o dono do cão.

*

O hoje é um cão
pura língua
e dentes

preso à corrente
do cão-passado

preso ao alarde
do amanhã:

cão-labirinto
às vezes fera

que ladra e morde.

*

O tempo é um cão
de três cabeças

(há dias em que é besta
Cérbero em círculo).

O tempo é a pata
que cava a espera

à procura do osso
que enterra.

O inseto na janela não entende a transparência.

Debate-se, não sabe o vidro da impossibilidade.

Fere-se a cada tentativa, sem descobrir se há vida
em outra saída.

Para quem passa, o inseto é transparente.

Talvez um ferrão, o veneno, qualquer incômodo
mas as asas e o silêncio são vidro sem objeto
só se conheceria o efeito da quebra.

Enfrentando, assim, a janela, em breve ele irá morrer.

As asas, então, vão cair sobre o aparador
"são tão bonitas", alguém vai dizer
e a morte merecerá o cuidado que não coube à vida.

As asas serão guardadas em um livro fechado,
até que sobreviva, apenas, o pó de uma metáfora.

Antes a janela vai ser, inutilmente, aberta.

A violeta azul no esquadro
equilibrava o meio-dia.

A mulher que se encantava
com antúrios e orquídeas
sempre escolhia a flor miúda
não era boa com coisas vivas.

Assim, quando vinha a morte prevista
jogava fora vaso e terra
(não tinha talento para restos)
ia ao supermercado da esquina
e trazia outra flor qualquer.

A beleza da janela
era provisória
idêntica ao que conhecia.

Mas a casa nunca foi sua
não seria sua raiz
era antes metal e pedra.

Talvez se as janelas se abrissem
para uma outra janela
talvez,

Penélope dentro da noite

Teço com as linhas das mãos
a cada ponto sua imagem é mais próxima
teço a mortalha que guardará gerações.

O sudário se enreda na casa, língua de musgo
sobre um barco fantasma, certa ideia de oceano
e partida.
Continuar tecendo, tecendo, até que a renda cubra o reino,
a ilha, a viagem.

Mas os olhos habitam pássaros do quarto:
de que penas é feita esta brisa em leque
que as mãos balançam no intervalo dos fios
de que penas a noite que o travesseiro guarda
de que bicos e sangue esta sombra.

Ao meu lado, o travesseiro que abrigou um homem
aguarda a aurora (dentro da noite)
como depenar esta ausência refazer um pássaro
que abandone a mentira doméstica
com as penas, recosturar a rapina
matar o cão, os seus olhos.

Sempre foi rapina esta maciez do quarto
teu travesseiro vago, eu, aprendiz de uma vingança.

Na liquidez do instante
o traço exato.

Verniz que cede
ao aço

ácido.

(metal que subjaz
silente)

Tua rotina mineral
dissolve-se
e ascende:

matéria-prima.

Em cada repetição
a perícia:

corroer-te
com arte
misturar-te a mim:

tua anti-rima
água
corte.

Água-forte.

Natália Menhem

Vapor

apesar de toda urgência
te tateo com cuidado.
você me olha fundo.
respiro toda, ardo...

apesar de todo cuidado
te aperto com urgência.
você me morde com vontade
viro água, somos rio.

você é sempre outro,
sou sempre outra eu,
talvez nunca nos acostumemos,
não por completo...

apesar de toda urgência
e de toda a presença
apesar de todo cuidado
e de tanto tato

acordo com marcas
que só dizem de quem fomos
e a cada instante uma porção de nós
se desata e outra então se tece.

apesar de nossos nós, agora
já somos outros: eu, você, nós
(o mistério parece inesgotável)
e eu ainda águo por você.

apesar dos pesares, aprendi
a respirar
a esperar
a observar

se me derramo toda
é porque só é pra ser
o que for pra brotar.

Com os pés na lama

a barata é o medo.
a barata é a sombra.
nosso tão vivo esgoto,
incontrolável desgosto.
o nojo da nossa lama
em movimento.

[títulos inspirados na música *Com os pés na lua*, de Aloizio Horta]

Com os pés na terra

coração nas nuvens,
respirar. Cabeça:
Corpo a dançar, e,
pra onde for, caminh-
ar.

com os pés no chão, observ-
ar: o que leva e traz
o ar.

com os pés na terra, festej-
ar: o que de nós brota e seme-
ar o que é para brotar

com o tempo que vem, agra-
decer: o que foi, o que é,
o que só com o tempo será.

sobre o vento que vai, precipit-
ar tudo aquilo que podemos
imagin-
Ar...

Com os pés no céu

criar universos
onde o azul do céu
encontra o ipê-rosa.

caminhar sob o sol que
reflete o céu, o ipê e
todo o meu bem querer.

sobre as pétalas do ipê,
alimentar a fantasia
e caminhar para o lugar
onde tudo se encaixa

e o que não se encaixa
também pertence...
também
pertence.

saber que já somos
aquilo que viemos nos tornar.
e é tão bom...

é tão bom.
e ainda assim,
algo vai mudar.

Descontinuidades

as
 más notícias seguem dispersas
entre corriqueirices
 do dia a dia

oprimindo

comprimindo

excluindo

quem talvez nem
 se lembre o que é fazer parte, nem se lembre do que é ser
sem ter dúvida de quem se é, do que se sente, do que se sabe.

não é que haja
 certo ou errado na realidade,

não é, nem mesmo,
 que haja realidade.

é que algumas
pessoas nasceram pra estarem certas, outras pra estarem
erradas, e, pra essas, cada passo novo é uma dúvida atroz,
quase um passo em falso, quase um passo atrás.

pois tem sido
sempre assim. pois nunca foi diferente. e, mesmo que ter
sido sempre assim não seja motivo pra continuar sendo,
não é o que se propaga, não é o que se escuta, não é o que
se apoia...

assim, permanece
a angústia da dúvida e os autoquestionamentos,

quando o que anda
errado é o coletivo todo. e, nos finalmentes, se sofre
individualmente

uma culpa que
não é sua

um erro que não
é seu

um papel que não
se escolheu.

tem sido sempre
assim pois nunca foi diferente,

pois mudar o que
é sempre assim exige esforço

- mais esforço
do que as tão elogiadas boas intenções -

(que enchem um
inferno e meio).

boas intenções
nasceram pra manter as coisas como são, como se bastasse
querer pra mudar o que foi construído

a ferro e fogo,

por anos,

anos

e anos...

não soframos a
culpa que não é nossa - mas a plantaram ali -,

um erro que não
é nosso - mas nos disseram que sim.

há muita força
em carregar tanto peso, há muita força nos papeís
exercidos,

há muita força
sendo disfarçada - pra não assustar os desprecavidos.

é preciso presença

pra descontinuar
o que se renova

em todos as nebulosidades
possíveis

(se
fosse óbvio, seria mais fácil lutar contra)

encontremos a
força escondida e os poros de saída

para todas as
vozes e as vezes suprimidas.

ter sido sempre
assim

não é motivo pra
continuar.

mas pra descontinuar,

prin-ci-pal-men-te
em caso de dúvidas

Paula Vaz

A nova língua

No começo era o néctar
nem mesmo o filho da Prudência evitaria
Em seguida o semi-sono no jardim de Zeus
Recurso a se perder na noite escura
por tantos Poros aberto à Penúria
Se Míngua construir a nova língua
vai se chamar: Amor.

A esperança

Se sua antena é maior que seu corpo,
pode ser que você seja uma esperança.
Se seu corpo é verde
e tem o formato exato de uma folha,
se é capaz de incluir-se numa floresta
e camuflar-se ali
a ponto de fazer realmente parte dela,
se você canta como as cigarras,
mas seu som é inaudível aos ouvidos humanos,
talvez você seja uma esperança.
Se seus ouvidos estão instalados em suas pernas
e é com elas que escuta o rumo
que deve dar aos seus passos,
se fica acordada durante a noite,
não por insônia,
mas por gosto da noite,
se tem o olhar voltado ao céu
no exato momento em que joelhos dobrados
ao chão
e, se nessa posição em que parecia querer rezar,
você salta para bem longe,
se tem sempre a impressão de que a vida é curta,

e você sabe que nasceu na primavera,
que amadurece no verão,
mas não suportaria o rigor de uma invernada,
é bem provável que seja mesmo uma esperança.
Se, no outono,
como uma folha, você cai
e deixa na terra a sua semente,
porque essa, sim, resiste aos tempos frios
_ encapsulada por uma casca fina que se rompe na
primavera _
e, se não é de você,
mas de seus ovos,
que nascem novas perspectivas,
você, que achava que era apenas uma folhinha:
Bendito é o nome do fruto do vosso ventre.
Amém.

Página em branco

E o deserto é uma página em branco
esse espaço desabitado
a mudez das coisas que perdem os seus nomes
essas terras da sede
esse território negligente
coberto de escombros
altar rodeado de velas
e a sagrada inquietude
de tudo que ainda não é silêncio

Todo livro é um deserto
porque a princípio
não temos palavras para a intensidade
e só interessa escrever
sobre aquilo que não temos palavras para dizer
Então é preciso pescá-las pelo mundo
inventá-las roubá-las
até que finalmente conseguimos passar
o elefante da solidão pelo buraco de uma agulha

Escrever é encontrar o fio do buraco da nossa agulha
onde quer que ele esteja
no horizonte
nas bordas do mar
perto de você

É esse escrito que ofereço
às palavras que nos transbordam
às palavras que nos transportam
aos livros que precipitam livros
aos Contos de amor e Não
porque O amor não vazará meus olhos
Nunca mais

Escrever é retornar à sala vazia
à copa de uma árvore
e escutar o que vive

É não estar de acordo com as coisas como são
É querer modificá-las um pouco
e não saber o que virá

Essa moral de ser em direção ao fulgor

Como diria Duras
escrever em direção aos desertos
porque somos todas instruídas em dor
sem sombra
partida

Para cada deserto é preciso um artifício
que expresse a língua da sua natureza muda

O deserto é uma página em branco

Éramos?

Alguém diz:
Eu te espero
e esperarei sempre.
Ela joga as palavras atrás do sofá,
mas elas voltam para a beirada da cama

Cristal natural

Penso em você como quem mói a carne naquele aparelho
antigo e enferrujado atarraxado a mesa.
O triturador cumpre o seu destino
Há séculos soturnos que separam nossas línguas
Entre nós, tanto muro, tanto tijolo
e essa lã misturada a vidro que recheia a parede das casas
[pré-fabricadas
A hora pára. Não o conheço mais.
Tateio apenas as plantas, a relva, os artistas, os loucos
e todos aqueles seres vagalumes,
que ainda têm claridades.
E rogo ao horizonte das aves que sobrevoam o mar
a concessão de plainar sobre a superfície das águas
até que se revele a mim
o que fazer com aquele açúcar União
deixado aqui.

Renato Negrão

Movediça

caio na tua movediça
pulas no meu vulcão
passeia por dentro da minha baleia
que eu entro e acampo no teu tubarão
desce no balde da minha cisterna
que eu me jogo no centro da tua cratera
toque as paredes do meu bueiro
que eu vou pelo ralo do teu banheiro

me encontre no sítio do picarelo amapau
que eu te acho no centro do nepal
se esconda na espuma do meu travesseiro
que eu viro a minhoca do teu canteiro
arranque as agruras da minha gruta
que eu estanco as neuroses da tua cuca
na mandala conte a história da nossa sorte
e eu te persigo com um jato do globo da morte

Dadá

_futebol é o seguinte
chegou ali e tem tranquilidade
é só aplicar o sutil o mirabolante
a raiz quadrada o labirinto
que não tem jeito pro goleiro não
é cair e levantar para buscar
o caroço lá dentro

_que negócio é esse de sutil
mirabolante e raiz quadrada

_não posso dizer é
segredo profissional
outro dia criei mais um gol
o independência

_poesia é o seguinte
chegou ali e tem tranquilidade
é só aplicar o sutil
o mirabolante
a raiz quadrada o labirinto
que não tem jeito pro leitor não
é cair e levantar para buscar
o caroço lá dentro

_que negócio é esse de sutil
mirabolante e raiz quadrada

__não posso dizer
é segredo profissional
outro dia criei mais um poema
o independência

Coreografia

O espaço coreográfico da palavra
e sua aplicabilidade   semântica
são pensados como estímulo
a outras configurações corporais

nossos corpos merecem e podem
dar respostas mais criativas
aos textos urbanos para além
de suas palavras de ordem
e de consumo

gesto como construção
transitoriedade como eixo
dispersão como método

1. mapa afetivo dos textos urbanos

deslocar por um percurso urbano
cuja cartografia se dê por um viés afetivo
estabelecer um relacionamento
gestual poético sensualizado
com um ou mais textos urbanos
que encontrar

2. pele

seus sons seus átomos suas células
seus órgãos internos sua pele
sua roupa sua casa sua cidade
seu mundo
como camadas da sua epiderme

3. pensamento disparado milton santos

o mundo como um conjunto
de possibilidades não apenas
um conjunto de realidades e sua convicção
de que outros mundos poderiam ser criados
a partir dos mesmos materiais

4. dança

crie na cidade
– a partir da seleção de palavras
encontradas por intermédio do seu desenho
da sua materialidade gráfica
dos contornos espaciais dessas palavras
e da dimensão poética e sensualizada
dos seus significados –
outros estímulos corporais
abrindo no horizonte
novas perspectivas
com os textos urbanos

Eu comi o Morrissey

muitos
disseram

tentei

fundo de fábrica
manchester

só agora eu sei

embaixo da ponte
belo horizonte

yesterday

eu comi
o morrissey

Partida do sensível

o patético é,
por assim dizer, o limite do drama.
e o trocadilho, ah! essas ocorrências
de semelhanças ortográficas –
abóbodas de abóboras dum ebó do forrobodó!
a que se dá o nome de paronomásia
e homonímia – significados múltiplos
partilhados num mesmo vocábulo.

um jogo de tênis que se joga
não com raquetes e bolas,
mas com os próprios tênis
dos participantes é a metáfora visual
de um trocadalho do carilho
o jogo ordinário, a armadilha
do signo,
o fenômeno performance.

cada lance inventa suas regras,
que jamais abolirão o acaso
que não cessa a cada ramagem.
o acaso é sua destreza e sua destreza é
o ocaso
e seu entorno

essa partida de tênis,
sob narração de uma outra partida
de algum jogo em roland garros
– ou de partidas de tênis de mesa
sem o som dos quicares da bola –
serve-se do ridículo
como fundamento do processo criativo

ocaso, instalação, ready made,
no horizonte do patético,
que é o limite do drama.

Rodrigo Leste

Maquiavelejo nas ondas
dos abismos culturais,
Nostrandando por futuros improváveis,
aRimbaudiando os porões da ignorância
e da mesquinharia,
clowndicando, às vezes,
mas sempre me desdobrando
em Pessoa.

Mais valia

Eu trabalho
Tu trabalhas
Ele morcega
Nós trabalhamos
Vós trabalhais
Eles deitam e rolam

Mulheres

Ficar numa esquina babando,
vendo desfilar pelotões de beldades
as mais lindas, deliciosas, eletrizantes,
pequenas da cidade,
de todas as idades, tipos, cores, tamanhos.
Algumas tímidas, discretas,
outras exultantes, atrevidas;
umas despudoradamente provocantes,
outras pudicamente excitantes,
passam de calças justas,
acentuando as formas e curvas,
veem de saia, vestido, short, macacão,
azul, vermelho, bege, cinza, xadrez,
estampado, de bolinhas,
seguem de salto alto, baixo, sandália,
bota, tênis,
trazem anéis, pulseiras, brincos, colares
gargantilhas, correntes, coisas reluzentes,
fetiches, feitiços,
têm cabelos curtos, longos, cacheados, lisos,
soltos, coques, laços, fitas, búzios, contas,
guizos;
são tantas,

lindas, feias, gordas, magras, altas, baixas,
sonsas, santas, tontas, sábias.
Mulheres das arábias,
mulheres dos haréns,
mulheres das igrejas,
das aves-marias, dos améns;
mulheres do Caribe,
mulheres de grosso calibre,
mulheres de quem
você só quer saber de ficar livre.

Mulheres, Mulheres, Mulheres,
guerreiras amazonas disparando setas letais,
modelos nas revistas disparando olhares fatais,
mulheres de neón, plástico, borracha
humanóides de silicone,
andróides fabricados em laboratório
tentando imitar a sua perfeição;
mulheres vendendo coisas,
provocando escândalos,
desnudando a intimidade
para provocar desejos.
Mulheres maquiadas:
blush, rímel, baton,
mulheres de cara lavada,
bijuterias, jóias, balangandãs,
perfumes diversos, hálito de hortelã;
mulheres depiladas,
cabelos ruivos, louros, castanhos, negros, verdes.

Mulheres armadas,
mulheres desamadas,
mulheres amadas,
mulheres desalmadas,
mulheres pra toda a vida,
mulheres pra cinco minutos,
mulheres pra uma noitada,
mulheres pra se mudar de assunto.

Mulheres, Mulheres, Milhares,
subindo nos potes,
escorrendo dos edifícios,
borbulhando nos ralos,
se equilibrando nos fios,
brotando das torres das igrejas,
saindo dos troncos das árvores,
emergindo no asfalto,
caindo das nuvens;
mulheres de seios imensos,
seios médios, pequenos,
mulheres de sorriso límpido e cativante,
de riso histérico e olhares alucinados,
mulheres pacientes,
mulheres intransigentes,
bundas ovais, redondas, quadradas, triangulares;
uma chuva de mulheres,
mulheres nos raios, relâmpagos, trovões.

— Difícil acreditar
que tudo isso foi feito
com uma mísera costela de Adão.

Hendrix: suave fúria

— Disseram que foi assassinado.
Talvez (o FBI não confirma).
Aprendeu truques que os garotos pobres
descobrem nas plantações de algodão do Mississipi,
e, podes crer, se entendia bem com o fogo
(isso não aparece na tela da CNN).
Fazia dançar labaredas
como serpentes encantadas,
hipnótico faquir do rock and roll,
psicodélico mentor da visionária sinfonia
de utópicos corações
(a CIA investiga o assunto).
Desconcertos para uma guitarra assombrada,
arrepiando as cruzes e apagando archotes
(a KKK prepara terrível vingança).
Pesadelo pros limitados ouvidos
de Kissinger e Dick Nixon
(faz parte o index criado pela Life Magazine).

Negro, cigano, chicano, índio, asiático,
cucaracha, hippie, dandy, junkie,
outsider, freak, alien
e o tributo à terceira pedra do Sol.

Uma bandeira azul, vermelha e branca,
cheia de estrelas,
esfrangalhada ao vento em Woodstock
(o Pentágono se preocupa muito).
— Lá vai Jimi,
tocando as cordas da guitarra
com os dentes,
abusando de microfonias e distorções
reinventando a música em cada palco,
vítima da suave fúria
dos que morrem de deliberada inanição
ou bebem estrelas
até se engasgarem no próprio vômito.

Cowboy

Todo cowboy tem uma vaca;
todo cowboy tem uma noiva.
Só eu é que sou um cowboy
sem vaca e sem noiva
por isso ando por aí a cobiçar
as noivas e as vacas alheias.
Na noite de ontem, quando entrei no sallon,
olhei diretamente para dentro
dos olhos da noiva de Billy Joe
e a noiva de Billy Joe olhou
diretamente para dentro do meu olho.
Billy Joe é um facínora consumado,
assassino
sanguinolento,
conhecido em nossa região
como campeão de cuspe à distância.
Quando Joe nos viu olhando um para o outro,
partiu célere na minha direção
fungando como um trem assassino;
não tive dúvidas: saquei da pistola
e atirei bem no meio de seus olhos!
E, como não podia deixar de ser,
caí de boca na boca da noiva de Billy Joe.

— Afinal, todo cowboy tem o seu dia
de Brad Pitt.

Ruth Silviano Brandão

De peixes e pássaros

Joguei minhas palavras aladas ao peixe dourado.
Ele voltou às águas líquidas que o protegem
da magia do amor. Joguei de novo minhas palavras liquidas
nas águas misteriosas do mar. Não houve resposta só o ruído
do mergulho em ondas fugidias do mar.
Joguei de novo minhas palavras aladas
ao peixe que escapuliu para o mar. Vi que as palavras aladas
apontavam para o pássaro, mas o pássaro, este, sabia voar
para inéditas paragens e o perdi. Joguei minhas palavras ao vento
que voava com o pássaro e com o peixe que deslizava no mar.
E tive que aceitar o silêncio.
As palavras não têm o raro poder de serem moradas do amor.
Fui ao silêncio que resguarda a dor
mas o silêncio só me fez voltar ao mesmo silêncio
onde me refugiei. Vi que era meu pouso onde
espero o pássaro alado que escapa sempre.
O pássaro, sabe que o persigo. Sabe também
da astúcia do voo que não o deixa se fazer capturar.
Mas não sabe da alegria do amor e digo a ele
o que o poeta inconfidente disse um dia à mulher amada:
por que pensas que podes resistir ao amor?
O que ganhas com tua solidão
logo que pressentes a magia do amor?
E ela lhe respondeu, talvez:
ganho a solidão que me basta.

Deste mundo

Não sou deste mundo
disse o poeta de olhos negros
e mãos inquietas
nem eu, repliquei
mas tenho enormes pés
presos como garras no chão
e
minhas mãos revolvem a terra
e
meus olhos sentem o sol
que alumbra o mundo.

Perdi uma pérola

Perdi uma pérola
não me importa a pérola,
mas a concha
que devia permanecer fechada
em seu mistério.

Ter amado não acaba
Ter amado não tem fim
Ter amado chama inapagada

Amor talhado no duro eco dissonante
Ter amado sulca o corpo amante
Berço, ventre e tumba.

Anjos brancos

Não sei de onde vêm meus anjos
brancos
transparentes
alados
de vidro
inquebráveis como um sonho
indormido.
Anjos de longas asas
cobrem palavras
que se dizem aladas
brilham com luz branca sem ofuscar
a visão do dia.
existem em brancas paginas
pela insistência como aparecem.
Rápidos,
fugazes,
mas
            vivos.

Sônia Queiroz

Das esposas

estavas linda Inês
posta em sossego
e Xica pegando fogo
nos leitos do São Francisco
e Marília se escaldando
pelas montanhas de aço

a do Norte, Stella, morde
a fome do Rio Doce
Joaquina mata e condena
ao ferrão, chicote, os frouxos.
Beja Bela, em teus segredos
roncam prazeres do inferno.

Mariana, Vila Rica
ah, esses currais de El Rey
adormecem os gemidos
e amortecem os gestos
e amordaçam os dentes
da fêmea carne das minas

dourada nas cabeceiras
fotografia adorada
das memórias da família
monograma de enxoval
tarja de negro bordado
no paletó dos maridos

tempero nunca igualado
fruta mais adocicada
lençol mais alvo e macio
o cheiro só preferido
o vinho mais cobiçado
do paladar dos maridos

riso meigo na poltrona
mãos de fada na costura
no forno, fogão, mão cheia
no leito, mão de veludo
passeia sempre rainha
o domínio dos maridos

o cordeiro idolatrado
de ouro, sedas, a pérola
recato mais cultuado
destreza só de cigana
convertida e só rezada
no domingo dos maridos.

Linda Inês, em teu sossego
desconheces os gemidos
os jeitos, gestos, os dentes
o choro, o gozo, o repasto
negado, sempre negado
à fêmea carne das minas.

Maturidade

a isto chamaremos
amor:
este estado de alma
entre a tolerância
e o tédio

a absoluta complacência
com a carne
e não só a carne:
aprenderemos a conviver
com todos os desejos.

e abandonaremos
sem pena
todos os sonhos loucos
os arrebatamentos
da paixão

que amor não é
chama
é acha
com que queimamos o tempo
calmamente.

Consternação da esposa perversa

quando ele chega e espalha seus pertences
suas roupas, seus papéis
se instala inteiro
nesta casa que é minha
e eu sei então que é dele

quando se impõe assim sua presença
e sobre mim se instaura o peso da palavra
nós
então pressinto o amor
que me penetra, perfurante, cortante, me repassa

eu que confundo compartir e compartimentar
e sobre os objetos prefiro legislar sozinha
então sinto que o amor, não mais uma visita,
é mais que isso: invasor de domicílio.

Tecnós

agora, Rai,
o amor é um diretório do Windows
uma janela que se abre-fecha
como as onze-horas nos jardins
de todo o mundo

um e-mail preferencial no adress book
uma home-page, um logar na rede
na teia que a aranha tece
com o fio da lua
a ciência da abelha, Nonato.

um nada?
um nó?
um laço
um fio fino

não se sabe.

Palavra

vibrações
violões
acordes
cordas
consoantes
vogais

atonais
dissonantes
bordas
alforges
aliterações
assombrações

sons
tons
lavras
pepitas
brilhos
de luz e
sol

Sérgio Fantini

Improvável

(à maneira de Ricardo Aleixo)

eu tenho um amigo homofóbico.
você tem um amigo homofóbico?
ter um amigo homofóbico faz de você um...
homofóbico?
você tem um amigo gay?
ser amigo de um gay faz de você um...
gay? um anti-homofobia?
ter um amigo racista faz de você
um branco? um negro?
um amarelo? verde?
racistas são pessoas de outra cor?
são pessoas?
você é racista? você tem uma....
cor?
se sua cor é rosa isso faz de você um...
gay? uma rosa? uma flor?
amigos gays, racistas, homofóbicos e de direita
fazem você ter ganas de matar?
suicidar-se?
se você descobrir que é
gay racista homofóbico de direita
etc.

você terá ganas de suicidar-se?
suicidar alguém?
você tem filhos?
filhas?
você tem certeza?
certezas?

Personalidade

Nem tão amarga
Que se torne intragável

Nem tão doce
Que possa melar o jogo

Ramos & rameiras

Todos os anos
O padre proíbe
A presença de prostitutas
Na procissão de ramos

Isso inibe as rameiras
Que todos os anos
Ficam de bobeira
No Domingo de Ramos
Os fiéis
Orando
E se agarrando ao ramo
Com isso não se afligem
Pois
Afinal
Procissão é um ato humano
E não se admite no cristal
Qualquer sombra de fuligem
Ou no metal
A corrosão da ferrugem

Terra

Os que
Fazem churrasco na casa das namoradas aos domingos
Não ficam amarrotados de madrugada
Transam aos 16
Nunca tiveram conflitos em família
Não ficam chatos com facilidade
Sempre foram bons em matemática física química
biologia e português
Preocupam-se em manter o corte de cabelo
Conseguem falar em público sem titubear
Permanecem no mesmo emprego por mais de 3 anos
Têm segredos sem que ninguém perceba
São bons de garfo
São bons de cama
São bons companheiros filhos maridos e pais
Não foram enganados no troca-troca
Nem conheceram quem tivesse levado porrada

Os que
Pagam aluguel mas se sentem proprietários
Completam bodas de qualquer coisa
Terminam uma pelada sem brigar com o goleiro
Fazem palavras cruzadas indiretas
Serviram no exército e contam casos de caserna
Passaram por um namoro longo sem conflitos
Passaram sem recuperação
Passeiam com suas garotas
Têm amigos na vizinhança no trabalho na escola e de infância
Não precisam de amigos
Fizeram festa de formatura
Escrevem cartas em papel de carta
Não dependem da família
Não pertencem a ninguém
São arrimo de família

Os que
Se preocupam em combinar a cor das roupas
Ouvem rock na juventude jazz na maturidade e clássico na velhice
Conseguem ser pais e avós
Ouvem clássico e jazz antes dos 40 e rock depois
Sabem andar de motocicleta
Sabem dirigir automóveis
Nunca se machucaram seriamente
Não fumam muito
Não falam muito
Fazem rir com piadas
Não telefonam para ex-namoradas quando estão solitários
Nunca estão totalmente solitários
Guardam lembranças

Os que
Não usam perfume
Sobrevivem com pouco dinheiro
Foram notícia aos 14 anos
São notícia sem qualquer motivo especial
Não se envaidecem quando têm sua foto publicada
Dormem sem precisar ler
Falam e fumam muito e não se culpam por isso
Trabalham cansados
Lavam e passam suas roupas
Sempre usaram fio dental
Têm um bar na esquina e conta na padaria
São atendidos pelo garçom sorridente quando fazem *psiu*
Controlam o prazer
Sentem-se à vontade ao dizer que nunca leram um livro
não viram um filme de arte nem sabem a diferença entre
cubismo e impressionismo
Fazem prestações quando estão de aviso prévio

Os que
Dispensam trocadilhos
Desprezam namoradas
Dispensam as coisas sem que ninguém perceba
Prescindem de companhia
Conseguem se matar
Conseguem ser espetacularmente assassinados
Vivem longe de tragédias
Não fizeram escândalo quando alguém querido morreu
Não fazem pose e mesmo assim têm classe
Dispensam comentários
Desfilam seus corpos esbeltos pelas areias das praias
Ganham dinheiro com criatividade
Sabem tocar um instrumento musical

Conseguem terminar um poema sequer iniciado

So blues

Tomei gosto pelas coisas azuis
Atitudes azuis
Teus passos azuis e molhados

As brincadeiras azuis de teus cabelos
Vôo de ave selvagem

Feitos sons
Teus sonhos azuis reluz
Em
Feitos sons
Teus sonhos azuis reluz
Em tudo que ouço
Feitos sons

Tomei gosto pelo azul em tudo
Andei solando um blues e
Teu corpo é o azul
Do movimento da dança
Do toque na pele do vento
Da brilhante anarquia
Na palidez do dia-a-dia

Tomei gosto pelo azul do mundo
Daqui o vejo azul e longe
Desenhado a lápis
Por um monge
Entre teus cílios
Duplicado em teu rosto

São esses lábios vermelhos
Ainda molhados de outros beijos
Que eu quero tocar

Simone de Andrade Neves

Andorinha

Maquete do céu
Branco e azul no envolto viver:
Passarinho no fio
ignorante do choque.

Duchamp ardido

O aposto
E o hermetismo
Tal urina, urinol
O coração expande amorfo
a decompor dejetos metafísicos.
Cavo, calva, a cova.

Os gados

Os bois
cabeças e patas
em círculo centrípeto
urram e propagam
montanha acima,
às orográficas,
uma morte.

Cessado o réquiem
citadinos!
talhamos o bife
frigimos até as vísceras
apaixonados
sem compaixão.

Poema lento

Uma menina de marinho e branco
pode ter passado
pelas portas do armazém
onde homens acotovelados no balcão
vão na funda do amparo
descamando.
Descamavam alcatrão?

O tempo lisa
os fundos moldados por cotovelos
e alcança o tato de novas mãos.

No coração da cozinha
agora é o lugar
da derrama: farináceos e manteiga.

Em movimentos meio ternos,
meio acesso e fusco
o móvel ampara os punhos no desde sempre
assim.

Não foi dos Jês nem dos Coroados.
Para lá levado

e se fez cenário das nuvens
no esconde-esconde cordeiros
de até o silêncio esconder.

Ouro Preto, área rural, 2013

Redanho

Aos porcos chamar!

Os coturnos entre o píer
e a proa de partida
exigem do centro do corpo movimento de escape.
Mesmos coturnos, na função das mãos,
separam em grandes metades o corpo inerte.
No repartir das paisagens o que foi e a falta a buscar
[lugar
no vai-não-vai por caminhos marcados;
Corredores percorrem os porcos cachaços
despojando a carne e gorduras impregnadas pelo gosto
[da urina,
lastro seccionado das crias varão.

Anel não retira do porco o olhar médio.
Teu dono, vivo, não intimida
e vai alheio ao suíno.
Não há piau, *duroc*, *large white*, *landrace*
se o sangue é estanque;
lambem, todos os porcos, os mortos.
Come um porco o dono morto em três dias
e não escapam as mortas galinhas;
Ignoradas vivas, vão-se à mordida.

As crias seccionadas e as leitoas:
nessa cova,
não há cova. Há uma boca que come.
E vai a gordura lubrificando a garganta
e as cordas da voz
que grita,
pronuncia trinta e três,
e também diz eu te amo.

Firenze fortuna in muso di maiale.
Dos porcos a sorte não rasga praça
e a maçã não retém a diversa voz
voz não feita de sons
mas contorcida e dobrada nos ocos de todos os corpos.
Vai, no porco assado, essa voz
ressoar na parede vermelha do fruto cravado nos dentes.

O próximo à mesa
não esteve a procurar caminho e veio
para a passagem da lâmina ir até o coração
Nem forma testemunho do sangue perseguindo o metal
até jorrar à luz natural.
E a lâmina, ao deixar a carne,
traz o encantamento das varas das fadas
a drenar a força do animal.
A carne tesa e os agudos grunhidos já não pertencem
[ao mundo.
E o animal se foi e ficou a carne do animal?
E o homem parte e o assentado na madeira não é o
[homem?

Das carnes rotas do porco
aos porcos chamar
na diagonal, feito camadas estratificadas dos minérios,
as gorduras da barriga;
E dentre o que não se misturou: a rede branca, alva e
[virgem.
Está onde se indagava a criação, seu umbigo?

Uma mão se faz de pinça e retira a gordura,
feito os pescadores a rede do mar
revela alvo redanho destinado ao recheio da tripa
na unção do sangue seco dos chouriços.
– Vai, iguaria, ser deglutida com aguardente.
Ah, meu amor, eu te amo, eu te amo meu amor.
– Pode dizer o comedor.

Técnicas inúmeras legitimam a assepsia das carnes;
Somos limpos.
Rins ao leite
tripas ao limão
etílicos suavizam as carnes gordas.
Os grunhidos, etéreos, fogem ao consumo dos corpos.
Em todo o mundo o mundo porco inteiro.

Simone Teodoro

Deserto

A tarde se fratura
E o outono tem sempre
esse gosto de fim, que te aniquila

O vento escuro suga tua alma
(aberta confusamente)
para a solidão das pedras frias: a matéria triste das montanhas

Melancolias alcoólicas te povoam

Bolhas de sonhos explodem no ventre
infecundo das estrelas.

Em vão, estendes os braços trágicos
a procura da alavanca que possa
frear o irreversível.

Estás só, estática esfinge
sem enigma

Não era

Não era vento:
era ser forte
era ser fraco
e, às vezes, sem rumo

Não era chama:
Era um gosto na língua
Era umidade entre as pernas
Era angústia de amar

Não era outono:
era a superfície da pele
alcatifada por rugas.

Não era um trilho de trem
uma estação ferroviária
um aeroporto
nem mesmo o mar
com um barco distante:
era a vida que restava
acorrentada à ausência

Não era chuva:
era tristeza pura.
E só.

Pedras, rosas

Nesta noite
não te amarei em Singapura
entre as cores da Pequena Índia
e o cheiro que falta
à profusão de perfumes

Nesta noite
não te verei em Andrômeda
aprisionada em
azuladas bordas de estrelas velhas.

Nesta noite
não te verei em Guadalupe
embora insista em extrair
rosas das pedras.
O que umedece em mim
não são os meus olhos.

Nesta noite
não te verei na Praça Sete
onde é negra a roupa da juventude.
Rodas de skate deslizam
em poças de urina
e no meu sonhar todos os teus lábios.

Um pássaro grita dentro de mim.
afundas, indiferente,
na irreparável treva do nunca.

Balada para Vita Sackville-West

I

Sigo
pela calçada suja
da madrugada

Tão confortável
como se fosse um rapaz

Calças largas
camuflam
as coxas

Mãos nos bolsos
Cabelos curtos

Tão confortável
como se fosse um rapaz

Homem nenhum
tem ganas
de devorar-me

Levo uns rabiscos
no meu embornal

mas,
oh
e se desconfiam
que tenho boceta
no lugar de um pau?

Piso a calçada mijada
–Segura–
Como se fosse um rapaz

II

No poema
que iniciei há quatros séculos
uma tristeza puta
cuidadosamente
alfinetada

Há quatro séculos
expurgando versos de abismos

Há quatro séculos
chorando a princesa russa
que desliza
para sempre
numa pista de gelo.

Há quatro séculos
cultivo um carvalho
dentro do meu embornal

Mas,
oh
e se desconfiam
que tenho boceta
no lugar de um pau?

Jardinagem I

A cor roxa
Engole a clorofila.

Coração-Magoado
É o nome de uma planta.
(O arbusto toca o chão,
é puro peso)

Folhas verdes também têm
hematomas.

A Dormideira se recolhe
à ameaça do meu toque.

(Ramos e ramos
carregados de pavor)

Folhas verdes também
gelam de medo.

Me deito
sobre o sumo
desses caules decepados.

Permanecerei aqui
Imóvel.

A música explosiva
das Flores-de-Trombeta.

Teodoro Rennó Assunção

(vazio-neném)

não
a folha branca,

não
a palavra *vazio*,

não
o não-ser,

não
o não
nem
o a-não,

não
o nano
nem
o ínfimo,

nem
poeira
nem
pó,

nem
céu
nem
ar,

nem
terra
nem
mar,

nem
ou
nem
mas,

nem
quem
nem
que,

nem
para
nem
porque,

nem
com
nem
sem,

nem
mal
nem
bem,

nem
e
nem
nem.

onde sobra
resto de nada,

bebo o neutro
como água,
sem sede, e
respiro

inodoro ar.
comer, dormir,
foder, cagar:
assim é.

(parênteses)

entre-
suspenso
um só
instante,
nada
depois
nem
antes.

(procelânico 1)

nada,
antes
que
ninguém:

zero
baixo,
nulo,
nem
pó.

hojontem
amanhãtes
jáinda

Thais Guimarães

Extração

sem ruptura
não se alcança
a camada funda
não se perfura

palavras escavadas
em ideia fixa

sem fissura
procura versos vãos
restos arqueológicos
recolhidos na secura

extração inútil
em terra dura

Pane

à deriva
nem mar ou céu
por onde começar

caminho nas vagas
nas sombras
dos objetos

à vista
um lugar escuro
muro de musgo

a cada desvio
cerração ou trevas
em vias dispersas

à solta
na rédea dos dias
no leme das horas

Escrita de bordo

o céu é uma paleta aberta
mistura as tintas
em paisagens aguadas

entre o alto e a queda
sobre qualquer cidade
fronteiras descoordenadas

o espaço não é território
aqui tudo é cambiável
não há particularidades

cada corpo é uma casa
– lugar possível
para memórias –

neste século
deserto
somos todos nômades

qualquer via é caminho
o mapa não tem legendas
o voo não tem destino

Antes do salto

dor fina insistente
escorre
pelas paredes
antecede
o salto no ar
teme que cesse
antes
da queda

o estrondo
da vida

Limite

não há areia macia
nenhum tapete de relva
na escolha da margem
– conchas quebradas
cascalhos e pedras –

no meio do breu
o sono é leve

olhos não se distraem
na cintilância
de estrela breve

o corpo que me prepara
que menos me fere
é aquele onde me deito:
firme cama de ferro
fino leito de pregos

Vera Casa Nova

Epígrafe

Todos os poetas percutem em mil vozes dentro de mim
O poema insiste em ser inscrito no corpo
O tempo faz ressurgir versos mágicos.
Ternura e injúria disfarçam minha chegada
E minha partida.
No entanto os versos são inúteis
Nessa paisagem esquecida
Onde a infâmia tira seu leite das pedras.

Um poema pode ser feito sem palavras
Ou por um excesso de...
Uma imagem vaga por entre os versos
Constrói muros e os faz desabar.
A poesia é uma comunidade sem fim.
Do não ao não
O mais inconfesso dos seres se verte;
Dos holocaustos inimagináveis
Ao saboroso gozo,
O poeta ... o diferente das gentes
ou .... o indiferente
passeia por entre seus versos
inquietos

Que ninfa é essa descabelada
com cabelos louros pintados
pela tinta da Wellaton?
Que corpo é esse inventado?
Estranhos corpos estrangeiros
tatuados
corpos escritos,
desenhados
e nus.
Corpos expostos:
gramas pesadas
dietas a mais.
Poucas palavras
na dança dos corpos
Queda das musas.

O tempo e a forma do corpo:

Sou o que meu corpo é
Ou
Meu corpo é o que sou.
Móvel e sensível
Líquida
Gritante
Exasperada
Histérica
Mas
Dançante,
Pululante
Equilibrante,
Liberante.
Vivi e vivo de inventar coisas.

Abraço em Waly

Essa memória do riso aberto...
Não me esqueço de lembrar
aquela gargalhada florida e louca na livraria.
A história não revela,
o verso aponta:
os cristais clivados.
anos 70
nem nos babilaques.
Teus cabelos crespos
ondeando teu rosto quadrangular
falando de Salvador.
Quem não se amalgamou?
nessa seiva do logbook
desse lonesome cowboy baiano,
o delírio de um tabaréu
ecoa em mim
ad aeternum.

Até breve!

Wagner

Le bateau Gogh

mastros contra um céu-mar
pulsa vermelho sangue o desejo
plus léger qu'un bouchon j'ai dansé sur les flots
na aquarela furiosa a turbilhonar
et dès lors je me suis baigné dans le poème
histérico senil entorpecido febril
náufrago colorido de van gogh

a cada movimento meu o mundo modifica-se
escorregando por minha pele morena
desmoronando ouvido a dentro
meus olhos iluminados em abundância saboreiam a vida
sentado à beira da água
vibra o fluido numa lata de cerveja
vibra o céu no sol
e uma ponta de tampa de caneta navega pelas águas na
margem de cima
uma lança de santo antão a deflorar as mágoas
deitado na margem de cima
seguro a lança com a mão direita
com a esquerda o escudo de lúpulo
a proteger o coração arremesso-me furioso ao fundo
até alvejar o sol

um sol gira pelo céu suas pétalas um sol
gira pela terra suas lanças iridescentes
cálidas chicote de amansar bacante sorte
de dados viciados brincadeira entre a
inércia e o movimento sobre o que gira
sobre si e faz-se pelo próprio movimento
tudo ritmo energizado feito às claras para
quem sente a música em si das
velocidades replicadas para um sempre
contido nos sentidos na imaginação na
razão do dessaber perpétuo pesado
denso longo como não se pode ser
música antes de tudo o que se quer é
ágil um princípio de corpo diálogo a cada
lance se passa o que seria um corpo que
intenso se move na inércia ao rés dos
músculos pelo correio do sangue
multiplicado na unidade move a si como
sempre

ao fundo a nave dança incerta o vento

o sol é grande e tudo o mais renova
¿e então o coração confia
nas flores nas sombras
ou na sazão que soía ser fria
alçam com calma as aves
o despertar de um canto
voo a se firmar breu luz
experiência que conduz
ao obscuro anônimo cotidiano
guiando o que subtil
a uma dimensão poética
lírica do que ora está comum
a cidade o humano o livro
palco menor do que vivido
anúncio do que ora importa
a flor do hábito que se reforça
ânimo entusiástico pura energia
a se firmar sob qualquer sol e qualquer vento

solos em qualquer espaço os rios que sempre vão o tempo rodou num instante o porro do meu
coração a rosa roseira ou poema ficou numa roda viva e tudo modificou rei da brincadeira no
parque parque na roda os espinhos da rosa dançando no peito girando na veia na roda girando
o sangue afora roncou roncou de fome cuíca só para bailar terrível e dizer o por derreter junto
pele osso carne o abraço assim dentro em mim então não há perigo uma razão o perigo não se
ter medo do dito tudo máquina quente o voo mesmo aqui no chão a força a graça de
interromper o ronco de fome não adianta nem tentar entender o realce não se incomode tudo
azul na terra vermelha fervendo o quente fervendo com amor e com medo faça o querer viva a
festa contente o cravo certamente a semente no jardim do mar requebro sem praia
simplesmente lindo feito para bailar sanha sem senha a se dar rosa louca o beijo a mão o
desejo cantar cantar cantar feliz enquanto a corrida se ia o chamado pássaro voando sem parar
saudade os cabelos enrolar o corpo amor querer entre os dentes primaveris a rosa que persiste

SOBRE OS POETAS

ADRIANA VERSIANI

Adriana Versiani dos Anjos nasceu em Ouro Preto e tem diversos livros de poemas publicados. Dentre eles: *A Física dos Beatles*, *Livro de Papel*, *A Lâmina que matou meu pai* e *Três Pedras e uma dose de palavra.*

ADRIANE GARCIA

Adriane Garcia, poeta, nascida e residente em Belo Horizonte/MG. Publicou *Fábulas para adulto perder o sono* (Prêmio Paraná de Literatura 2013, ed. Biblioteca do Paraná), *O nome do mundo* (ed. Armazém da Cultura, 2014), *Só, com peixes* (ed. Confraria do Vento, 2015), *Enlouquecer é ganhar mil pássaros* (e-book pela Vida Secreta, no Issuu, 2015), *Embrulhado para viagem* (col. Leve um Livro, 2016), *Garrafas ao mar* (ed. Penalux, 2018) e *Arraial do Curral del Rei: a desmemória dos bois* (ed. Conceito Editorial, 2019).

ADRIANO MENEZES

Adriano Menezes é autor de *Dois corpos* (Editora Etfop-1999), *Os dias* (Scriptum Livros-2004), *Via expressa* (Scriptum Livros /Anome Livros-2007). Publicou várias reuniões de poemas e plaquetes de modo independente, que se perderam no tempo, além de antologias em que foi incluído. Roteirista e diretor em televisão educativa para programas de filosofia e literatura. De São Vicente de Minas, vive em Ouro Preto/MG. Mestre em filosofia na UFOP. Professor.

ALEXANDRE RODRIGUES

Alexandre Rodrigues da Costa graduou-se em Letras pela UFMG, em 1997, onde também fez o mestrado, em 2001, e o doutorado, em 2005. É autor de *Objetos difíceis* (7Letras/Funalfa, 2004), *Fora-de-quadro* (7Letras, 2005), *Peso morto* (7Letras, 2008); *Corpos cegos* (7Letras, 2012); *Bela Lugosi no ateliê de Kandinski* (7Letras, 2013), *A mímica invertida dos desaparecidos* (7Letras, 2014), *Como assistir a um road movie em pé* (7 Letras, 2016) e *Do outro lado, sedimentos ou até onde a vista alcança* (7Letras, 2018).

ALÍCIA DUARTE PENNA

Alícia Duarte Penna nasceu em 1962, em Belo Horizonte. Publicou *Duo Terno e Gravata* (1984), *Espelho Diário* (2008) e *Quarenta poemas e dez* (2012), entre outros. Foi parceira da EMVIDEO em *Cactus*, *Deodorina* e *Geografia das Sombras* (vídeos); de Paulo Schmidt em *Afinidades eletivas* (exposição e cenas curtas); de Eduardo Guimarães Álvares em *Pétala petulância* (CD, Prêmio Associação Paulista de Críticos de Arte); de Rosângela Rennó em *Espelho Diário* (videoinstalação) e de Marcelo Santiago em *Sonhos e desejos* (longa-metragem). Arquiteta e doutora em Geografia Urbana, é professora (PUC Minas) e tradutora (*Louis Kahn- Conversa com estudantes*, *A boa vida- visita guiada às casas da modernidade*, entre outros).

ÁLVARO ANDRADE GARCIA

Álvaro Andrade Garcia nasceu em Belo Horizonte, em 1961. É poeta e também escreve prosa, ensaios e roteiros. Tem 12 livros de poesia e 3 de prosa publicados. Diretor de audiovisual e multimídia, faz videopoemas e poesia digital para internet, aplicativos multimídia e videoinstalações interativas. Toda sua obra se encontra em www.ciclope.art.br.

ANA CAETANO

Ana Caetano é poeta, tradutora e professora da Universidade Federal de Minas Gerais. Nasceu em Dores do Indaiá, MG, em 1960. Publicou os livros: *Levianas* (1984) e *Babel* (1994) com Levi Carneiro, *Quatorze* (1997) e *Inventário* (2016). Participou da coordenação dos projetos *Temporada de Poesia* (1994), *Poesia Orbital* (1997) e do CD *Cacograma* (2001). Foi co-editora da revista *Fahrenheit 451* e dos jornais *Inferno* (1998) e *Dez Faces* (2007-2008). Assinou a coluna de poesia do jornal *Letras do Café* (2006–2009) e assina a coluna de literatura estrangeira do mesmo jornal desde 2017.

ANA ELISA RIBEIRO

Ana Elisa Ribeiro é poeta, cronista, contista e autora de livros infanto-juvenis. Na poesia, seu título mais recente é *Dicionário de Imprecisões* (2019), publicado pela editora Impressões de Minas. Em 2014, foi semifinalista do prêmio Portugal Telecom com *Meus segredos com Capitu* (crônicas, pela Jovens Escribas) e *Anzol de pescar infernos*"(poemas, pela Patuá). Em 2016, venceu o prêmio nacional Manaus pelo livro *Álbum*, publicado em 2018 pela editora Relicário. É linguista, professora do CEFET-MG.

ANA MARTINS MARQUES

Ana Martins Marques nasceu em Belo Horizonte em 1977. É formada em Letras e doutora em literatura comparada pela UFMG. Recebeu por duas vezes o prêmio Cidade de Belo Horizonte na categoria "Poesia", em 2007 e 2008. É autora de *A vida submarina* (Scriptum, 2009), *Da arte das armadilhas* (Companhia das Letras, 2011, ganhador do prêmio literário Biblioteca Nacional de 2012), *O livro das semelhanças* (Companhia das Letras, 2015, ganhador do Prêmio APCA de Poesia e do terceiro lugar do Prêmio Oceanos), *Duas janelas* (Luna Parque, 2016, com Marcos Siscar), *Como se fosse a casa* (Relicário Edições, 2017, com Eduardo Jorge) e *O livro dos jardins* (Editora Quelônio, 2019).

ANGÉLICA AMÂNCIO

Angélica Amâncio é uma moça de Três Corações que, aos 18, mudou-se para BH. É pós-doutora em Estudos Literários, Linguísticos e Tradutológicos em Francês, pela USP, e em Literatura de língua portuguesa, pela *Université Sorbonne Nouvelle*. É também doutora em Literatura Comparada pela UFMG, em cotutela com a *Université Paris-Diderot*. Em 2015, publicou seu primeiro livro de poemas, *Adagio ma non troppo e outras canções sem palavras*. Atualmente, ensina português e literatura na *École Normale Supérieure*, em Lyon, e na *Université Sorbonne Nouvelle*, em Paris.

ANTONIO BARRETO

Antonio Barreto nasceu em Passos (MG), em 1954. Foi editor de *Protótipo – Revista de Escritores Marginalizados*. Mudou-se para Belo Horizonte em 1970 onde participou ativamente do movimento estudantil e estudou História, Letras e Engenharia Civil. Além de poeta, é cronista, contista, romancista e autor de vários livros infanto-juvenis. Ganhou prêmios importantes como: Remington, Bienal Nestlé de Literatura, Bolsa Vitae, Prêmio Paraná, Guimarães Rosa/ Minas de Cultura, Emílio Moura, Cidade de BH, entre outros. Tem mais 40 livros publicados. Entre eles os de poesia: *O sono provisório*; *Vastafala*; *Vagalovnis*; *Mochila*; *Lua no varal* e *Isca de pássaro é peixe na gaiola*.

BRENDA MARQUES

Brenda Mar(que)s Pena, jornalista e editora da Fundação Rede Minas. Mestre em Estudos Literários pela Universidade Federal de Minas Gerais. Fundadora e integrante do Instituto Imersão Latina (Imel). Natural de Belo Horizonte. É representante do Movimento Cultural Abrace, com sede no Uruguai e membro do Círculo de Poetas e Escritores do Mercosul. Acadêmica correspondente da Real Academia de Letras, cadeira 12: Lygia Clark. Autora de *Poesia Sonora: história e desdobramentos de uma vanguarda poética* (Tradição Planalto, 2009), *Utopias Possíveis* (O Lutador, 2015), *DESnaturalizados* (Saramandaia, 2016) e *Tsunâmica* (Sangre Editorial 2019).

BRUNA KALIL OTHERO

Bruna Kalil Othero (Belo Horizonte, 1995) é escritora e pesquisadora. Autora do livro-objeto de ficção *Carne* (2019) e das obras de poesia *Poétiquase* (2015), *Anticorpo* (2017) e *Oswald pede a Tarsila que lave suas cuecas* (2019, premiado pelo Ministério da Cultura), também organizou os volumes *A Porca Revolucionária: ensaios literários sobre a obra de Hilda Hilst* (2018) e *Poéticas do devir-mulher: ensaios sobre escritoras brasileiras* (com Constância Lima Duarte e André Magri, 2019).

CAIO JUNQUEIRA MACIEL

Caio Junqueira Maciel é pseudônimo de Luiz Carlos Junqueira Maciel. Mineiro de Cruzília (1952), é Mestre em Literatura Brasileira pela UFMG, onde dissertou sobre o poeta mineiro Dantas Motta (*Tempo e Escritura nas Elegias do País das Gerais*). Foi professor por mais de 40 anos. Publicou livros didáticos, ensaios e poemas. Letrista, tem parcerias com vários compositores, entre os quais, Zebeto Corrêa, com quem tem três cds. Publicou contos em antologias do grupo Coletivo 21. Seu mais recente livro de poemas é *Pele de jabuticaba* (Editora Urutau, 2019). Curte adoidado suas netas Helena e Ágata.

CAMILO LARA (1959-2016)

Camilo Lara, poeta e professor de Sociologia do Cefet-MG. Autor do livro *Itinerários – a Poética do Coletivo em Divinópolis* (2005); Participou de vários projetos literários do Grupo Dazibao (Divinópolis/Belo Horizonte: 1980 a 2008). Publicou os livros de poesia (em co-autoria); "*Prelúdio Penetrável* (1984) e *Dentro Passa*(1997). Lançou em 2015 o livro de poesia: *Atravessar* (edições Dazibao) e a plaquete *Decálogo do Bosque* (Breve Edições). Co-editor dos seguintes projetos e publicações: *Coleção Poesia Orbital* (Bhz, 1997); *Revista Ato* (2004 a 2009); *Jornal Dez Faces* (2009 a 2012).

CARLOS ÁVILA

Carlos Ávila (BH, 1955) é poeta e jornalista. Publicou, entre outros, *Bissexto sentido*, *Área de risco* e *Anexo de ecos* (poesia); *Poesia pensada* (crítica) e *Bri Bri no canto do parque* (infantil). Foi, por quatro anos (1995/98), editor do Suplemento Literário de Minas Gerais. Foi também Assessor para conteúdos da Rede Minas de Televisão, editor do caderno de cultura do jornal Hoje em Dia e colunista da revista eletrônica Dom Total. Participou de mais de vinte antologias no país e no exterior, entre elas, *Nothing the sun could not explain – 20 Contemporary brazilian poets*.

CARLOS AUGUSTO NOVAIS

Carlos Augusto Morais (João Monlevade/MG, 1958) é poeta, editor e professor. Participou dos grupos/revistas de poesia *Alegria Blues Banda*, *Aqui Ó* (Edições Cemflores – 1978-1982) e *Dez X Dez*. Co-organizador: *Poesia Orbital* (1997), *Mostra Poética de Belo Horizonte* (1994-1996), *Salto de Tigre: mini-antologia da poesia contemporânea de BH* (1994), *Antologia Dezfaces* (2008). Co-editor: jornais *Inferno* (1998-1999) e *Dezfaces* (2006-2011). Livros: *A de palavra* (1989), *Alvo. S. m.* (1997). CD: (em parceria): *Cacograma* (2001).

CARLOS BARROSO

Carlos Barroso é poeta, artista e jornalista. Do grupo fundador da Revista CemFlores. Publicou: Poetrecos (Poesia Orbital/1997) e os livros-objeto: *Carimbalas* (2008); *Sãos, Usura e Livraria* (2010); *Futebol de Barro* (2014) e *Cunilíngua Pátria* (2017). Todos pela Edição CemFlores. Participou das mostras: Coletiv4 (UFSJ/2015); Ocupação Poética (UFSJ/2017); Além da Palavra (Biblioteca Pública/BH/2018); minimasminas (Café Kahlua/BH/2018); Além da Palavra2 (Casa dos Contos/Ouro Preto/2018) e Faculdade de Letras (UFMG/2019). Repórter em vários jornais, foi comentarista da Rede Bandeirantes e apresentador do programa Cena Política (BHNews). Prêmio Esso de Reportagem (2001). Curador da Mostra de Arte dos Jornalistas Mineiros.

DAGMAR BRAGA

Dagmar Braga nasceu em Pitangui, MG. Formada em Letras, especializou-se em Literatura Brasileira (PUC Minas) e cursou pós-graduação em Jornalismo (UNI-BH). Tem poemas e contos publicados em antologias, jornais, revistas e sites literários. Organizou as antologias *Noites de Terça* (Anome Livros, 2007) e *Oficina da Palavra* (Asa de papel, 2011), com trabalhos desenvolvidos nas Oficinas de Literatura que promove no Espaço Cultural Letras e Ponto. Publicações: *Geometria da Paixão* (Anome, 2008 – finalista do Prêmio Jabuti), *Arqueologia* (Ed. Patuá, 2016) e *Nas noites de quarta:* oficina de literatura (Ed. Patuá, 2018).

DANIEL ARELLI

Daniel Arelli (Belo Horizonte, 1986) é professor, poeta e tradutor. Doutor em Filosofia pela Universidade de Munique, atualmente é professor visitante na UFMG. Seu primeiro livro de poemas, *Lição da Matéria*, foi vencedor do Prêmio Paraná de Literatura 2018.

DJAMI SEZOSTRE

O fauno Djami Sezostre, Rio Paranaíba, Triângulo, Brasil, é uma lenda, criador da Poesia Biossonora e da Ecoperformance, é autor dos livros: *Lágrimas & Orgasmos*, *Águas Selvagens*, *Dissonâncias*, *Moinho de Flechas*, *Cilada*, *Solo de Colibri*, *Çeiva*, *Pardal de Rapina*, *Anu*, *Arranjos de Pássaros e Flores*, *Cachaprego*, *Estilhaços no Lago de Púrpura*, *Yguarani*, *Silvaredo*, *Z a Zero*, *Eu Te Amo*, *Onze Mil Virgens*, *O Menino da sua Mãe*, *Zut*, *Cavalo & Catarse*, *Salmos Verdes*, *O pênis do Espírito Santo*, *Cão Raiva*, *Óbvio Oblongo*, *O pássaro zero*.

EDIMILSON PEREIRA

Edimilson de Almeida Pereira nasceu em Juiz de Fora, Minas Gerais, em 1963. É docente de literaturas em língua portuguesa na Faculdade de Letras da UFJF. Na área de antropologia social publicou, dentre outros, o livro *Mundo encaixado: significação da cultura popular* (1992). Sua obra poética foi reunida nos volumes *Zeosório blues*, *Lugares ares*, *Casa da palavra* e *As coisas arcas* (2003). Seus livros de poesia mais recentes são *Homeless* (2010); *Relva* (2015) e *Guelras* (2016).

ELAINE OLIVEIRA

Nascida Elaine Leal de Oliveira (1966) em Belo Horizonte. Amante da poesia desde sempre, escreve sem maiores pretensões desde a adolescência. Graduada em Medicina Veterinária (1994) na UFMG; graduanda em Letras na mesma universidade; graduanda em Teologia no STRV. Publicado: Coautora em *Antologia: Quando tudo transborda* (2015) pelo Clube de Autores e prefácio de *Baseado em fardos reais* de Anderson C. Sandes também pelo Clube de Autores.

EMÍLIA MENDES

Emília Mendes nasceu em São Gotardo, MG. É graduada em Letras- Língua e Literatura Francesas na Faculdade de letras pela UFMG. Possui mestrado e doutorado em Estudos Linguísticos pela mesma universidade, onde atua também como professora. Escritora de poucas vagas horas, publicou *Cantigas de amores a ilustres senhores* (1997), no projeto Poesia Orbital, do qual participou também como membro da comissão organizadora. Desde 2000, faz parte do grupo de recitativo Los Borrachos.

ERICK GONTIJO COSTA

Erick Gontijo Costa nasceu em Belo Horizonte, em 1981. É coautor do livro de poemas *rés*, publicado pela editora Cas'a, e autor de *Notas do limbo*, publicado pela editora Literacidade. Publicou, ainda, contos, poemas e ensaios sobre literatura em revistas diversas. É professor, graduado em Letras (UFMG), e doutor em Teoria da Literatura e Literatura Comparada (UFMG).

FABRÍCIO MARQUES

Fabrício Marques é autor, entre outros, de *Samplers* (poesia, Relume Dumará, 2000), *Aço em flor: a poesia de Paulo Leminski* (ensaio, Autêntica, 2001), *Meu pequeno fim* (poesia, Scriptum, 2002), *Dez conversas* (entrevistas com poetas contemporâneos, Gutenberg, 2004), *A fera incompletude* (poemas, Dobra, 2011, finalista dos prêmios Jabuti e Portugal Telecom) e *Uma cidade se inventa* (livro-reportagem, Scriptum, 2015).

FLÁVIO BOAVENTURA

Flávio Boaventura ou Boave, como é conhecido, nasceu em BH (1972). Poeta e ensaísta, tem textos publicados em vários periódicos desde os anos 90. De sua autoria destacam-se, entre outros, os livros *Delírio trêmulo* (Ed. 7Letras, 2003) e *O amante da algazarra: Nietzsche na poesia de Waly Salomão* (Ed. UFMG, 2009).

FLAUSINA MARCIA DA SILVA

A poeta Flausina Marcia da Silva nasceu em Cataguases, Minas Gerais. Veio para Belo Horizonte com sua família em 1965. Publicou seu primeiro livro de poemas no ano de 2001, o quarto livro de poemas foi lançado em 2014. O Suplemento Literário de Minas Gerais, a Revista Mininas, a Antologia Terças Poéticas, a Revista CULT e o Caderno Pensar do Jornal Estado de Minas publicaram poemas de sua autoria. A Antologia *Escritoras de ontem e de hoje*, publicada, em 2012, pela Editora Mulheres e organizada por professoras e pesquisadoras integrantes do Grupo de Pesquisa Letras de Minas, da UFMG e da PUC-Minas, traz um artigo sobre a poesia de Flausina Marcia, na parte denominada "Invenção".

FRANCESCO NAPOLI

Francesco Napoli é poeta, compositor, guitarrista, pesquisador e professor de Filosofia e Arte; Integra as bandas *Falcatrua* e *Carmen Fem*; Integra o espetáculo *Rock In Concert* da *Orquestra Opus*, Apresenta, produz e edita o programa de rádio *Tropofonia* ao lado de Djami Sezostre na rádio UFMG educativa; apresenta o quadro *Banda de lá Banda de cá* ao lado de André Miglio na rádio Inconfidência FM, faz produção e curadoria do Mini Festival de arte contemporânea e performance *Durante*, coordena o projeto de extensão *Estetosfera arte e Medicina* no UNI-BH," tem três livros de poemas publicados *sobre alguma coisa, sobre coisa alguma ou meta poesia sem meta* – 2004, *árvore em v* – 2011 e *As Férias de Kant* – 2016. Tem dois discos solo "*pausa para*" (2011) e "*Cavalo e Catarse*" (2017).

GEAN SIMÕES

Gean Simões nasceu em Tebas–MG, foi militar do exército, residindo em Juiz de Fora, Belo Horizonte, Roraima e Manaus. Cursou Letras na UFMG e pós-graduação em Filosofia na UFJF. Publicou *Humananimalmente – uma psico-filosofia da existência humana* – poesia e *A cidade dos bárbaros – um canto de alteridade*. Rascunha e data seus versos e os finaliza em lan house. Ainda não aderiu à tecnologia digital.

GILBERTO DE ABREU

Nasci em Espinosa, Minas Gerais em 1953. A poesia me envolveu na adolescência, daí pra cá se manifesta em todas as formas da minha expressão, e em livros como: *Acontece o qui a gente tece,* em co-edição com a Oficina Goeldi, em 1981, *Caiuaua*, coleção Poesia orbital, 1997, *O avesso do tropeço*, edição independente, 2008, *Campo magnético*, em co-edição com o FMP-BH e nos CDs – *João, Gilberto e Clarisse*, 2001 e *Ao mais corajoso, o poeta.* (inédito). Publiquei textos poemas e ilustrações no SLMG e Jornal Dezfaces.

INÊS CAMPOS

Inês Campos nasceu em Belo Horizonte, onde vive ainda hoje. É poeta e advogada. Em 2017, lançou o livro *Geografia Particular*, pela Cas'a edições e, em 2019, o livro *Roca*, pela mesma editora. Alguns de seus poemas foram publicados também em revistas e coletâneas nacionais, além de terem sido traduzidos para o catalão.

JOSÉ AMÉRICO MIRANDA

José Américo Miranda nasceu em Alto Rio Doce, MG, em 1951. Publicou *Cidade exata - plaquete* (1981), *Amor bruxo* (1981), *Poemas do amor incompleto* (1990) e *Poemas* (1997). É professor aposentado da Faculdade de Letras da UFMG.

JOVINO MACHADO

Jovino Machado nasceu em Formiga (MG), em 1963. Foi criado em Montes Claros e vive em Belo Horizonte. Publicou 18 livros de poemas: *Só poesias* (1981), *Em cantos e versos* (1982), *Uma mordida para cada língua* (1985), *Deselegância discreta* (1993), *Trint'anos proust'anos* (1995), *Disco* (1998), *Samba* (1999), *Balacobaco* (2002), *Fratura exposta* (2005), *Meu bar meu lar* (2009), *Cor de cadáver* (2009), *Amar é abanar o rabo* (2009), *Cantigas de amor & maldizer* (2013), *Meu jeito bêbado de ser* (2015), *Sobras completas* (2015), *O retrato do artista quando bêbado* (2018), *Minhas mágoas se alimentam de cerveja* (2018) e *A verdade está no vinho* (2018).

JULIO ABREU

Julio Abreu é designer gráfico e faz doutorado no CEFET-MG com pesquisa sobre a poesia de Augusto de Campos. Publicou o livro de poemas *Jogo das horas* (Scriptum, 2015) e o fotolivro *Dentro da faixa* (Scriptum 2017), editou, com Ricardo Novais, a coleção de poemas e desenhos *Relógio do Rosário* (Scriptum, 2004–2006) e organizou o livro *Sobre ler, escrever e outros diálogos*, de Bartolomeu Campos de Queirós (Global, 2019). Atualmente dirige, com Leonora Weissmann, a Jiló Design, que desenvolve projetos de design gráfico, e edita, com outros escritores, a revista *Olympio – literatura e arte.*

KAIO CARMONA

Kaio Carvalho Carmona é poeta e professor de literatura. Pós-Doutorando em Poéticas da Modernidade na UFMG, Professor Visitante no IFMG, Professor Assistente na FAJE. Doutor em Estudos Literários pela UFMG, publicou os livros *Um lírico dos tempos* (Scortecci, 2006), *Compêndios de amor* (Scriptum, 2013) e *Para quando* (Scriptum, 2017). Vive em Belo Horizonte.

KIKO FERREIRA

Kiko Ferreira é mineiro de Belo Horizonte. Nasceu em janeiro de 1959 e vem trabalhando com cultura, jornalismo e radialismo desde os anos 70. Já lançou *Cordiana* (do autor, 1982), *Belo Blue* (Poesia Orbital , 1997), *Cio em Setembro* (do autor, 1989- segunda edição Rona, 1999), *Beijo Noir* (do autor, 1996), *Solo de Kalimba* (Scriptum, 2003), *Stet* (Scriptum, 2007) – este pré-indicado para o Prêmio Portugal Telecom de Literatura – *Musikaligrafia* (Scriptum, 2009) e *Pó de Pedra* (do autor, 2014).

LEO GONÇALVES

Leo Gonçalves (BH, 1975) publicou *Use o assento para flutuar* (Crisálida, 2018) e *das infimidades* (in vento, 2004). Seus poemas vêm sendo incluídos em diversas antologias de poesia brasileira, tais como *É agora como nunca: antologia incompleta da poesia brasileira contemporânea*, organizada por Adriana Calcanhotto (SP: Companhia das Letras, 2017) e *Retendre la corde vocale: anthologie de la poésie brésilienne vivante*, organizada por Patrick Quillier (Le Temps des Cerises, 2016). Sua atividade poética passa essencialmente pela performance, se aproximando constantemente da dança e da música. Performou, entre 2012 e 2014, *Poemacumba*, ao lado da dançarina Kanzelumuka, circulando em diversas cidades brasileiras. Em 2019, lançou a performance *Caboca*, na qual contracena com a dançarina Flaviane Lopes e a cantora Gabriela Pilati. Realizou outros trabalhos com os quais vem se apresentando no Brasil, no México e na França.

LÚCIA AFONSO

Lúcia Afonso nasceu em Teófilo Otoni, MG, em 1953, e vive em Belo Horizonte desde 1965. É professora universitária e psicóloga social e clínica. Publicou: *Revista Silêncio* (editora, poeta e contista): *de 1974-1975* (edição independente); *O Nome da Lembrança*, contos (Editora Dez Escritos, 1987); *A Experiência Poética* (edição independente, 1991); *Poemas para Antes e Depois, cartaz de poemas* (edição independente, 1995); *Delicadeza* (Coleção Poesia Orbital, 1997); *Chama* (Edições do Campo Social, 2002), *Olhares - fotopoemas*, com fotos de Ana Afonso (ArteSã Editora, 2012).

LUCIANA TONELLI

Luciana Tonelli (Belo Horizonte, 1967) formou-se em jornalismo pela PUC Minas, trabalhando com reportagem e edição no campo da cultura e suas vizinhanças. Viveu em São Paulo por mais de uma década, passando a atuar na área editorial. Interessada na interface entre cultura, política e o terreno psi, fez mestrado no Núcleo de Estudos da Subjetividade (PUC São Paulo). Participou dos coletivos que organizaram as coleções Dez Faces (2007) e Poesia Orbital (1997), na qual estreou com *Flagrantes do poço*. Em 2011 publicou *Flagrantes do tempo – Poema-reportagem na Pauliceia* (Peirópolis/ProAC-SP). Atualmente vive em Belo Horizonte.

LUIZ EDMUNDO ALVES

Luiz Edmundo Alves é formado em psicologia, tem seis livros de poemas publicados, um livro de memórias, *Uvas verdes - poesia paixão memória* e *Rui Santana*, biografia do artista plástico mineiro, C/Arte, BH, 2010. Atualmente é fazendeiro em Almenara, nordeste de Minas Gerais.

MALLUH PRAXEDES

Natural de Pará de Minas, Malluh Praxedes, em 1980 deu início à sua carreira como jornalista, escritora e produtora cultural – com atuações em diversas áreas. Publicou 15 livros e em 2016 terá sua biografia lançada por José Roberto Pereira. Idealizou e produziu diversos projetos culturais, sendo o Prêmio BDMG-Instrumental o único prêmio para compositores de música instrumental realizado e reconhecido nacionalmente.

MARAÍZA LABANCA

Maraíza Labanca nasceu em 1984, em Belo Horizonte. É doutora em Literatura Comparada pela UFMG e uma das editoras da Cas'a edições. Trabalha também com oficinas de escrita literária no Espaço a'mais. De sua autoria, publicou os livros *Refratário* (2012), *Rés – livro das contaminações* (com Erick Costa, 2014), *Partitura* (2018) e *Exceto na região da noite* (2019).

MARCELO DOLABELA (1957-2020)

Marcelo Dolabela nasceu em Lajinha (MG), em 1957. Professor, poeta, compositor e pesquisador (música e poesia). Mestre em comunicação pela Universidade São Marcos. Principais livros: *Coração malasarte*, 1980. *Radicais*, 1985. *ABZ do rock brasileiro*, 1987. *Breve história da música de Belo Horizonte*, 1993. *Hai kaixa*, 1993. *Poeminhas & outros poemas*, 1998. *Lorem ipsus – Antologia poética & outros poemas*, 2006. *Acre Ácido Azedo*, 2015. Fez roteiro para os filmes: *Arnaldo Baptista – Maldito Popular Brasileiro* e *Plano sequência*, ambos de Patrícia

Moran; *Uakti – Oficina instrumental* e *A hora vagabunda*, ambos de Rafael Conde. Como diretor, lançou o filme *Sábado da carne*. Lidera o grupo musical *Divergência Socialista*. Produziu e apresentou os programas: *Rock Molotov*, na Rádio Liberdade FM. *Vitrola do Dolabela* e *Letra Elétrika*, ambos na Rádio Lagoinha FM. Lançou, em 2013, o CD *Substância: Divergência Socialista* – Marcelo Dolabela & parceiros. Realizou, em 2012, a exposição *A história do rock brasileiro em 1000 discos*. E, em 2014, as exposições: *50 discos que você precisa ouvir para entender o Golpe Militar* (1964-1985) e *Rock no circuito*. Com artista postal tem trabalhos expostos nos seguintes países: Japão, Austrália, Portugal, França, Holanda, Estados Unidos, Canadá, etc.. E nos estados: Rio Grande do Norte, Paraíba, Ceará, Pernambuco, Brasília, Rio de Janeiro, São Paulo, Paraná, Santa Catarina e Rio Grande do Sul. Assinou coluna semanal no jornal Hoje em Dia, de nov. de 1999 a fev. 2007. E no jornal Letras (do Café com Letras). Coordenou: Festival de Poesia de Belo Horizonte, 1994. Coleção Temporada de Poesia, 1994-1996. Projeto Poesia em Sintonia, segundo semestre de 1996. Recitais Poesia Orbital. Convento e Cinema Nazaré, 1996-1997. Coleção Poesia Orbital, 1997. (com 62 livretos). Bienal Internacional de Poesia de Belo Horizonte. Belo Horizonte: Secretaria Municipal de Cultural de Belo Horizonte, dez. 1998. Recitais do Inferno, Café com Letras, 2000. Festival de Inverno de Ouro Preto – UI-BH – literatura, 2000. Festival Internacional de Poesia Sonora de Belo Horizonte, ago. 2000. Festival de Poesia / 2o Salão do Livro, ago. 2001.

MARCUS VINÍCIUS DE FARIA

Marcus Vinícius de Faria nasceu em Divinópolis, 1955. Publicou os livros de poemas *Armadilha para hábil caçador pegar o bicho quanto antes* (1982), *Desejo Insano* (1987), *Outros Tempos* (1997) e as plaquetes *Dez Poemas de Emily Dickinson* (2012) e *Emily Dickinson Poemas-envelope* (2017). Tem traduções de Emily Dickinson publicadas em jornais de 1983 a 2010.

MARIA ESTHER MACIEL

Maria Esther Maciel nasceu em Patos de Minas, em 1963. Vive em Belo Horizonte desde 1981. Foi professora titular de Teoria da Literatura e Literatura Comparada da Faculdade de Letras da UFMG até 2018. Autora de 17 livros de poesia, ficção, crônica e ensaio, suas publicações incluem *O livro dos nomes* (Companhia das Letras, 2008), *As ironias da ordem* (UFMG, 2010), *Literatura e animalidade* (Civilização Brasileira, 2016) e *M de Memória* (Tlön, 2018). Tem textos publicados em vários jornais, revistas e antologias brasileiras e estrangeiras. É colaboradora da *Folha de São Paulo* e edita, com outros escritores, a revista *Olympio – literatura e arte*.

MÁRIO ALEX ROSA

Mora em Belo Horizonte. É autor dos livros *Ouro Preto – poemas* (Scriptum) e *Via Férrea* (Cosac Naify), *Deus me livre* (Breve Edições) e dos livros infantis: *ABC futebol clube* (Aletria) e *Formigas* (Cosac Naify).

MÔNICA DE AQUINO

Mônica de Aquino (1979) nasceu em Belo Horizonte. Publicou *Sístole* em 2005 pela editora Bem-Te-vi e *Fundo falso* em

2018 pela Relicário Edições, livro vencedor do Prêmio Cidade de Belo Horizonte de 2013 e finalista do Prêmio Jabuti 2019. Publicou, também, cinco livros infantis, todos pela editora Miguilim. Participou de antologias como *Roteiro da poesia brasileira 2000* (ed. Global) e *A extração dos dias* (Escamandro) e tem poemas publicados em periódicos como Poesia Sempre e Revista Piauí. Prepara, atualmente, seu próximo volume de poemas, *Mofo em floração*, série de textos em que dialoga com o trabalho de outros poetas e artistas plásticos.

NATÁLIA MENHEM

Mineira de Belo Horizonte, Natália Menhem nasceu em 1984 e tem formação em Ciências Sociais pela UFMG. Sua jornada profissional é diversa, sempre costurada pelo interesse em construir narrativas de sociedade mais humanas e mais justas. Publica seus poemas desde 2015 no site www.miradapoetica.com.br e em 2017 publicou seu primeiro livro, *Descontinuidades* (independente). Em 2019 publicou o segundo livro, *Tremores Nômades e Fortes* pela Quixote+Do Editoras Associadas e participou de eventos como a FLIAraxá e a FLIR (Belo Horizonte).

PAULA VAZ

Paula Vaz é poeta e psicanalista. Autora dos livros: *Não se sai de árvore por meios de árvore. Ponge-Poesia* (2014); *A outra língua: amor* (2016); e *Deserto* (2018) publicados pela Cas'a Edições, BH. Coautora dos livros: *Da solidão*, Editora Quixote+-Do, 2018, BH; *Psicanálise em nosso tempo*, Editora Letramento, 2017, BH; *Narrativas e Poéticas, volume 1*, Editora Guema-nisse, 2008, RJ; *Tempo e Morte*, Editora Revinter, 2003, RJ. Psicanálise e Hospital *A criança e sua dor*, Editora Revinter, 1999, RJ.

RENATO NEGRÃO

Renato Negrão é poeta e compositor, artista visual e arte educador. Formado pela Escola Guignard, UEMG. Autor de sete livros de poemas, dentre eles *Vicente Viciado*, Ed. Rótula/2012. Utiliza aspectos da comunicação poética e estratégias da arte contemporânea como capital pedagógico para a educação, recebendo por este trabalho o prêmio Itaú Rumos educação, cultura e arte 2008/2010. Realiza Performances poéticas pelo Brasil e composições com nomes da cena musical nacional.

RODRIGO LESTE

Rodrigo Leste é ator e poeta. Co-editou o jornal alternativo *O Vapor* e a revista *Circus*. É colaborador do Suplemento Literário de Minas Gerais. Nos palcos desde 1974, já produziu e encenou cerca de quarenta espetáculos.

RUTH SILVIANO BRANDÃO

Ruth Silviano Brandão é professora da Faculdade de Letras da UFMG, com doutorado em Literatura Comparada e Pós-doutorado na Universidade de Paris 8. Foi professora visitante sênior da UFOP de 2010 a 2012. É poeta, tradutora, com vários livros de ensaio, como *Machado de Assis leitor – uma viagem à roda de livros*, com José Marcos Resende Oliveira; *Mulher ao pé da letra – a personagem feminina na literatura*, ambos pela ed. UFMG; *A vida escrita* pela 7Letras. O conjunto de sua poesia está em *Ventos e sóis alumbram o dia*, publicado pela 7Letras.

SÉRGIO FANTINI

Sérgio Fantini nasceu em Belo Horizonte, em 1961. Publicou pela primeira vez em 1976, em seu próprio zine e, em

1979, editou seu primeiro livro. Até 2019, lançou dezoito livros de poemas, contos e romances. Tem textos em várias antologias. Produtor cultural, coordenou e participou de dezenas de eventos. Dá oficinas de criação literária e faz revisão crítica de originais. Desde 2017, coedita o zine *Bellzebuuu*, com Adriane Garcia.

SIMONE DE ANDRADE NEVES

Simone de Andrade Neves nasceu em Belo Horizonte no ano de 1974. Infância e adolescência em Dionísio/MG. Publicou *O coração como engrenagem*, edição do autor, em 1994. Em 2015 publicou *Corpos em Marcha* pela Editora Scriptum e *Dor Andorinha* pela Edições Leve1Livro; em 2017 publicou *Missa do Envio – Bandeira do Divino*, em parceria com o músico Chiquinho de Assis, edição da Casa Impressora de Almería.

SIMONE TEODORO

Simone Teodoro é poeta, autora dos livros *Distraídas astronautas* (Patuá, 2014), *Movimento em falso* (Patuá, 2016) e *Também estivemos em Pompeia* (Patuá, 2019). É mestra em Literatura Brasileira pela UFMG e doutoranda na mesma instituição.Colabora, com 5 poemas, na antologia *Poesia Gay Brasileira* (2017). Publicou em diversos jornais e revistas, entre os quais no Suplemento Literário de Minas Gerais.

SÔNIA QUEIROZ

Nascida em Belo Horizonte, Sônia Queiroz é professora da FALE/UFMG e atua na área cultural. Além de poemas esparsos em jornais e revistas - em que se destacam a *Revista Literária do Corpo Discente da UFMG*, *Silêncio*, *Inéditos* e o *Suplemento Literário de Minas Gerais* - publicou os livros *O*

Sacro Ofício (Prêmio Cidade de Belo Horizonte, 1980), *Relações Cordiais* (Coleção Poesia Orbital, 1997) e *Corra Água por onde Correr* (Edições Bichinho Gritador, 2003), e participou das antologias de poemas *Palavra de Mulher* (Ed. Fontana, 1979) e *Taquicardias* (Edições Dubolso, 1985).

TEODORO RENNÓ

Teodoro Rennó Assunção (Belo Horizonte, 1961). Poeta de um livro só, *Restolho & Necrológio* (BH: Coleção Poesia Orbital nº 59, 1997), além de uns poucos poemas em revistas ou jornais inencontráveis, este professor de literatura grega antiga (FALE-UFMG) – e crítico de arte bissexto – é, sobretudo, um escritor de prosa contemporânea, que mistura os gêneros do ensaio, da autobiografia (ou memória) e do conto, tendo publicado quatro livros: *Ociografias* (1993), *Ensaios de escola* (2003), *Autociografias* (2006) e *Extra-vacâncias* (2008).

THAIS GUIMARÃES

Thais Guimarães, mineira, nascida no Ceará, publicou *Jogo de Cintura* (poesia), Ed. Dubolso, 1983; *Dez Pretextos para uma noite de solidão* (poesia), 1983; *Bom dia, Ana Maria*, Ed. Vigília, 1987 (Prêmio Jabuti de Melhor Produção Editorial Infantil, 1988); *Seis Poemas* (plaquete), Ed. Poliedro, 2012; *Notas de Viagem* (plaquete), Coleção Leve um livro, 2015; *Jogo de Facas* (poesia), Ed. Quixote, 2016; e, em conjunto com Carlos Ávila, escreveu *Uma praça chamada Liberdade* (poética de observação), Ed. Tercetto, 2019.

VERA CASA NOVA

Vera Casa Nova foi professora da Faculdade de letras da UFMG (graduação e pós-graduação). Carioca da gema, flamenguista, mas amante de Minas Gerais. Chegou em Belo Horizonte em 1978. Escreveu *Canto Zero*,*Um Q um K*, *Lucia Rosas: textos impuros*,com Marcelo Kraiser, *Desertos* com A.Klein, *Corpos Seriais* com Marcelo Kraiser. *Elipses* com Flavio Boaventura, *Restos*, *Rastros*, *Poemas da página e da tela*, *Língua plena* e *Poemas para meu pensamento*, entre outros. É ensaísta , além de organizar livros sobre a relação texto e imagem com parceiros dessa linha de pesquisa.

WAGNER MOREIRA

Wagner nasceu em Belo Horizonte. Publicou vários livros de poemas, dentre eles *Eu não sou Vincent Willem van Gogh*, *Selêemcio*, *Blues*, *transversos e solos*, sendo que os dois últimos pela Editora Scriptum. Como ensaísta já publicou em diversas revistas e livros.

Catalogação na Publicação (CIP)

E61

Entrelinhas, entremontes : versos contemporâneos mineiros / Vera Casa Nova, Kaio Carmona, Marcelo Dolabela (organizadores). 1. ed. - Belo Horizonte : Quixote+Do Editoras Associadas, 2020.
577 p.

ISBN 978-85-66256-64-2

1. Poesia brasileira I. Casa Nova, Vera II. Carmona, Kaio III. Dolabela, Marcelo IV. Título.

CDD: B869.1

Bibliotecária responsável: Fernanda Gomes de Souza CRB-6/2472

Organizadores Kaio Carmona, Marcelo Dolabela, Vera Casa Nova
Projeto gráfico Caroline Gischewski
Revisão Kaio Carmona, Luciana Tanure
Editores Alencar Perdigão, Cláudia Masini, Luciana Tanure
Assistência editorial Sofia Rossi
Agradecimento Patrícia Manata, Raquel Pedras, Rita Davis
Assessoria de Comunicação Sandra Nascimento
Locução de audiolivro Kaio Carmona e Vera Casa Nova
Gravação de audiolivro Liquidificador estúdio
Prestação de contas Casa semente / Acrópole contabilidade
Tecnologia e Informática Ami Tecno Ltda.

Poetas | Autores Adriana Versiani | Adriane Garcia | Adriano Menezes | Alexandre Rodrigues da Costa| Alícia Duarte Penna | Álvaro Andrade Garcia | Ana Caetano | Ana Elisa Ribeiro | Ana Martins Marques | Angélica Amâncio | Antonio Barreto | Brenda Mar(que)s | Bruna Kalil Othero | Caio Junqueira Maciel | Camilo Lara | Carlos Augusto Novais | Carlos Ávila | Carlos Barroso | Dagmar Braga | Daniel Arelli | Djami Sezostre | Edimilson de Almeida Pereira | Elaine Oliveira | Emília Mendes | Erick Costa | Fabrício Marques | Flausina Márcia | Flávio Boave | Francesco Napoli | Gean Simões | Gilberto de Abreu | Inês Campos | José Américo Miranda | Jovino Machado | Júlio de Abreu | Kaio Carmona | Kiko Ferreira | Leo Gonçalves | Lúcia Afonso | Luciana Tonelli | Luiz Edmundo Alves | Malluh Praxedes | Maraíza Labanca | Marcelo Dolabela | Marcus Vinícius de Faria | Maria Esther Maciel | Mário Alex Rosa | Mônica de Aquino | Natália Menhem | Paula Vaz | Renato Negrão | Rodrigo Leste | Ruth Silviano Brandão | Sônia Queiroz | Sérgio Fantini | Simone de Andrade Neves | Simone Teodoro | Teodoro Rennó Assunção| Thais Guimarães | Vera Casa Nova | Wagner

Audiolivro

Projeto 0655/2017

Patrocínio

unibh

Incentivo

LMIC
LEI MUNICIPAL DE INCENTIVO À CULTURA

CULTURA

PREFEITURA BELO HORIZONTE
GOVERNANDO PARA QUEM PRECISA

FSC www.fsc.org
MISTO
Papel proveniente de fontes responsáveis
FSC® C092828

PRINTED WITH SOY INK®